中国短经典

我是鱼

任晓雯 著

人民文学出版社

图书在版编目(CIP)数据

我是鱼/任晓雯著.—北京:人民文学出版社,2022

(中国短经典)

ISBN 978-7-02-017429-4

Ⅰ.①我… Ⅱ.①任… Ⅲ.①短篇小说-小说集-中国-当代 Ⅳ.①I247.7

中国版本图书馆CIP数据核字(2022)第157441号

责任编辑	卜艳冰　何炜宏　邰莉莉
封面设计	李苗苗
出版发行	人民文学出版社
社　　址	北京市朝内大街166号
邮　　编	100705
印　　刷	上海盛通时代印刷有限公司
经　　销	全国新华书店等
开　　本	889毫米×1194毫米　1/32
印　　张	7.5
字　　数	140千字
版　　次	2022年10月北京第1版
印　　次	2022年10月第1次印刷
书　　号	978-7-02-017429-4
定　　价	50.00元

如有印装质量问题,请与本社图书销售中心调换。电话:010－65233595

目录

我是鱼	001
阳台上	040
飞毯	084
朱三小姐的一生	094
我的妈妈叫林青霞	119
阳间	138
换肾记	153
冬天里	175
浮生·江秀凤	207
浮生·张忠心	212
浮生·周彩凤	217
浮生·高秋妹	222
浮生·曹亚平	227
浮生·曾雪梅	232

我是鱼

艾娃总觉得自己是条鱼。她的鳞伏在皮肤下,鳃长在面颊里,四肢浸泡成又薄又透明的鳍。如果是有太阳的好日子,身体会在水里折出赤橙黄绿的亮光。

那年七岁,妈妈带小艾娃去玩水。正值盛夏,天气晴朗,沙滩挤满了人,大多是外地来游玩的。像妈妈和艾娃这样的本地人,通常不到海滨浴场,他们在海岸的另一边打鱼为业。

艾娃的爸爸死于一次出海。五个月大的艾娃还在吃奶,却清楚记得当时的情形。从妈妈的胳膊缝里,小艾娃看到爸爸泡胀了的尸体,头发缠着水草,肚子鼓成圆球,一条大腿被凶狠的鱼类吞噬。长大后的艾娃并不难过:爸爸从水里来,自然要回水里去。

爸爸死后,妈妈卖掉渔网和船,改行做贝壳类的小工艺品。她是山里嫁出来的闺女,生性不喜欢海。

本地人的孩子,五六岁就能游顺溜了。可妈妈不让小艾娃下水。艾娃对大海的唯一印象,是傍晚远方吹来的水汽:咸咸湿湿,夹带点腥,像人血的味道。

妈妈纠缠不过女儿,答应在七岁生日时,带艾娃去见见海。经过慎重考虑,她选择了海滨浴场:人多热闹,没有暗礁,百米开外拉着防鲨网。妈妈只准艾娃站在旁边看,艾娃就穿着小裤衩站在旁边看。沙蟹钻进钻出,浅色的贝壳嵌了一地。皮肤白花花的城里人,晒太阳,玩沙子,或者挂个游泳圈,在齐腰的海水里兴高采烈地扑腾。

一个大浪打来,他们齐声尖叫。海水退下,黄扑扑的沙子粘在艾娃腿上。妈妈拉着她后退两步。艾娃低头瞧见脚边有条被冲上岸的鱼,敞着肚皮,拍着尾巴。艾娃望着鱼,鱼的大圆眼睛也望着艾娃。艾娃蹲下身,把鱼抓在手里。鱼的身子滑腻柔软,艾娃的身子也滑腻柔软。又一个较小的浪涌上来,艾娃跟着浪头跑。妈妈尖叫。鱼从艾娃的指缝游回海里。

艾娃像她爸爸,一下水就会游,她从防鲨网底溜出去。

近岸处海水混浊,越往前越清朗,蓝绿色随着阳光变化深浅。水底无数曲直不一的路。大路上,波浪挤出海的皱纹,金丝绳似的根根紧挨;小路边,堆叠着一蓬蓬水草,像被弄乱的彩色绒线。长得犹如蝴蝶的斑斓小鱼，在珊瑚丛的枝条间成群结队地穿梭。贝类和海星镶出繁杂的图形，大小水母宛若透明飞花。海洋族类择处而居，犹如一个个村落互不侵扰。

艾娃沿着迷宫般的海路游出很远。她发现了刚才沙滩上的那尾鱼，是年幼的点篮子鱼，肥嘟嘟圆滚滚的娃娃脸，浑身缀满雀斑似的小金点。点篮子鱼接近艾娃，诧异地看她一眼，又悠哉悠哉游开。艾娃跟随着它，经过一片片街区，跨越一丛丛珊瑚。

小鱼游游停停，像在和她逗乐。艾娃也游游停停。她喜欢摆动身体时海水摩擦皮肤，像很多软绵绵的手掌在抚摸；也喜欢静止时被海的体味团团包裹，仿佛缩回到子宫，成为一枚胚胎似的气泡。

直到黄昏潮退，艾娃才光溜溜地钻出海面，手举一根紫红珊瑚，脖颈缠绕浅黄水草。这时妈妈已跪在岸边，哭得筋疲力尽。周围站满了人，有的七嘴八舌安慰，有的指指戳戳议论。艾娃刚露半个身子，就被一只大索套圈住。

"找到了，找到了！"搜救艇上的人叫嚷道。

艾娃被勒得半死，任由小艇牵着。岸上的人群近了，他们的表情或呆板，或夸张，或幸灾乐祸，暗淡的皮肤散发出恶臭。这一刻起，艾娃不再视他们为同类。

妈妈发誓，在她有生之年，决不再让艾娃下水。几天后，她带女儿回山里老家。又过几个月，因为娘家人嫌弃，领着艾娃投奔舅舅。舅舅住在城里，刚讨了媳妇，小两口卖水产为生。

舅舅、舅妈不喜欢这对母女，可妈妈不能带艾娃走了。她生了病，浑身变得蜡黄。去世时，瘦得只剩骨架子。她很快被烧成一堆灰，埋在城外。艾娃没有哭，只是遗憾地想：妈妈没有死在生她养她的地方。

妈妈下葬的当晚，舅妈让艾娃睡到屋后的小院子去。艾娃铺了草席，躺在饲养鱼蟹虾鳝的大小水盆间。半夜听见水族们搅起的"哗哗"声，仰望砂石一般的星星，艾娃觉得自己从未有过父母，是天地间的水汽直接化出来的。

第二天大早，舅舅出门给餐馆送鲜货，舅妈到后院杀鱼，突然吓得尖叫。艾娃蜷在最大的鱼盆里，脸朝下，背朝上，只有脊梁和头发露在水外。十来条石斑鱼在她身边亲昵地磨蹭，她一动不动。

"死人啦！"手里的尖刀落地。当舅妈拉着隔壁送外卖的小青年阿发重回院子时，看见艾娃站在盆里傻笑，光身子往下淌水，四周弥散着阵阵鱼腥气。

舅妈狠揍了艾娃一顿。她早看不顺眼了：这女孩已经开始发育，却不爱穿衣服，每天不停喝水，腆着胀鼓鼓的肚子走来走去。更让人气愤的是，在亲生母亲的葬礼上，她居然没有哭，只是低着头，嘴巴一张一翕，不知念叨什么。

母亲死后，艾娃只要得到机会，就一头扎进水盆，整天孵着不出，吐水泡，东张西望，和鱼儿们抢食。她不太和人讲话，鱼才是好伙伴。她用手和头发圈围它们，或者将水搅浑，和它们捉迷藏。有时恶作剧，突然把一条鱼含入口中，任由它扑腾，很久才张嘴放开。

水把艾娃的皮肤泡得又白又软，眼睛浸得又红又肿，从不打理的头发纠缠成浅褐色一坨，垂盖在面孔上。几次无效的打骂后，舅舅、舅妈随这野丫头自生自灭。偶尔有好奇的邻家孩子，三五个地凑在院门口，笑着议论着，他们叫她"女蛤蟆"。

艾娃热爱自己吸足水分的身体，每个毛孔都像鲜花一样地开放。她该是幸福知足的，除了那件恐怖的事情。

为了保持新鲜，舅舅尽可能缩短饲养时间。也许只一昼夜，或者短短三四小时，活蹦乱跳的鱼儿就被从水里撩起，装进黑色塑料袋，送到餐馆，或直接上舅妈的砧板。

舅妈是杀鱼的一把好手。开膛破肚、挖除内脏、刮净鱼鳞，光秃秃的鱼下锅时，还能摆尾鼓鳃，无望地蹦跶几下。艾娃不能想象，刚才和她一样的生命，在下一刻，就变成了菜肴、骨头、垃圾。如果她亲见了鱼血，或者被扔掉的内脏，会口吐白沫昏死在水里。

有次舅舅进了些鲈鱼，其中一尾年幼短小，就在盆里放养两天。起初小鲈鱼表现出进攻的天性，追逐其他大体型的鱼，还在艾娃身上叮了几下。但没多久，就和艾娃投了缘。睡觉时艾娃侧着身，围起胳膊，小鱼停在她的臂弯里；醒后他们互相逗耍，脸对着脸像在说话。

其他的鱼走了来，来了走，小鲈鱼也身形渐长。舅舅决定和舅妈开开鲜。第二天一早，当舅舅提着兜鱼器来后院时，却发现它不见了。

"鱼呢？"舅舅抓着艾娃的头发，把她从水里拎出来。

艾娃摇头，腮帮子凸出两大块。

"嘴里是什么？"舅舅撬艾娃的嘴。

艾娃含混地嚷起来，突然甩开他的手，"咯嘣咯嘣"嚼了两下，腥臭的血顿时涌出嘴角。她憋红脸，抬起胸，身子往后仰，窒息了片刻，将整条活生生的肥鲈鱼硬吞进肚。

舅舅把艾娃毒打一顿，断了她的食。第二天上午，夫妻俩被后院的情景惊呆了：所有的鱼儿不翼而飞，盆子倒扣，水溅满地，艾娃瞪眼躺在湿地上，腹部高高隆起，四肢不停抽搐，口角淌满血色沫子。她艰难地别过脖颈，眼白像灯泡一样暴出来。

他们决定送她进精神病院。医院来接那天，舅妈帮忙把艾娃五花大绑，舅舅不停驱赶看热闹的人群。"女蛤蟆，女蛤蟆！"孩子们拍手嚷嚷，大人们交头接耳。空气里满是唾沫星子又酸又咸的味道，艾娃不能呼吸了。

她被绑得严实，塞进医护车，扔到一张担架上。车厢里有药水和酒精的味道。两个穿浅蓝褂子的男人把艾娃安顿好后，坐到担架旁的排凳上，漠然注视她痛苦扭动的身子。舅妈在车后跺着脚嚷嚷："快去快回，下午得送货呢！"厢门关上，车子慢慢启动，几双扒在车窗上的手终于看不见。

路不平整，艾娃被颠得背脊生疼。挪一下身子，马上气喘吁吁。

"你瞧她呼吸时的肺。"一个戴眼镜的蓝褂子对另一个说。

另一个俯下身，摸摸艾娃的胸："有些奇怪，进院后做个全身检查。"

舅舅坐在另一边的排凳上，他也摸了摸艾娃。艾娃的身体烧起来。

"别哼哼，有啥害臊的。"舅舅踢了她一下。

戴眼镜的蓝褂子有些看不过去，抓过一条白布单子，把艾娃的光身子盖起来。车厢里的人都不说话，车往前开。

"我要撒尿。"艾娃突然说。

"多事，"舅舅咂咂嘴，"忍着点。"

过了一会儿，艾娃又道："我要撒尿，憋不住了。"

三个男人我看你，你看我。

"我陪她去。"刚才摸艾娃胸的蓝褂子掀开她身上的布单。

车子停下，舅舅把艾娃腿上的绳索解开，套在她腰里，蓝褂子将她拎下车，用绳子牵着走。

精神病院建在小镇上。艾娃发现，他们已经出城，上了宽阔的国道。一边是大片熟稻子，一波一波起伏着，勾出风的形状，另一边是小河，河面上泛着淡黄色水汽。艾娃贪婪地盯着看。

"快些走!"蓝褂子男人紧了紧她腰里的绳,艾娃跟进稻田。

周围的穗子擦得她痒痒。其实没有尿,身子里的血都快干了,她只想呼吸新鲜空气,车厢里浓稠的人臊味让她窒息。艾娃把重心换到另一只脚上,继续蹲着。她觉得满意,甚至有些快乐。有植物成熟时湿漉漉的香气,还有风,风是甜的,刮进鼻子时,齿缝泛起一股滑爽的唾液。

这时,艾娃突然闻出什么味道。抬头看,蓝褂子站在她面前。他是个瘦长脸的青年,有一枚尖锐的下巴。

"你在撒尿吗?"声音有些发抖,他慢慢探过一只手。

艾娃刚想起身,却被一把撂倒。

"让我瞧瞧你撒的尿。"

一瞬间,艾娃觉得身子被压住,大腿被掰开。一样不属于她的东西硬挤进来,侵占她,撕裂她,像舅妈挖鱼肠子的手那样,把她的身子掏空了。

艾娃大叫,每个细胞都在发出震颤的回音。毕生要说的话,统统在这声叫喊中说完了。

周围的穗子齐齐抖动。蓝褂子的眉眼缩成一团。他扇了艾娃一耳光,从她身上爬起来。艾娃瞥见那个露出一半的黑东西,沾着她的血,还有白乎乎的黏液。

她挣扎着跑起来,不小心绊倒,膝盖被擦破,一根手指折伤了。四肢一会儿火辣辣生疼，一会儿冷飕飕发麻。她重新起身，拼命跑，跑出稻田，跑过公路，一头扎进小河。

河水流动缓慢，艾娃被推着走。舅舅在咆哮，她潜入河底。水涌进身体，血渗出伤口。她试着划划胳膊蹬蹬腿。被水盆束缚久了的骨骼，在"咯啦啦"地舒展开来，腿间拖出一条淡红色的血线。

成群的河鱼游在艾娃身边，身材短小，灰不溜秋。有的远远跟着，警觉地观察；有的好奇凑近，大胆往艾娃身上蹭。河鱼沾染太多人气，不如海鱼有灵性，但仍然倍感亲切。

一条小鲤鱼游到她面前，晃了两下尾巴又游开。

艾娃说："别怕，我也是鱼。"

河鱼们诧异地看着她。

艾娃继续游，撕裂感渐渐淡下去，水流把四肢冲刷洁净。

河底除了泥土，只有零星水草；河边列了些柳树，农田一方连着一方。偶尔能看见一头牛，一只羊，一个收割的农人。有戴笠帽的中年男人发现了艾娃，嚷嚷起来。远处农舍奔出两三人。

艾娃沉到河底，河水过于清澈。

"看，美人鱼！"

一个孩子追着艾娃跑起来。岸边的人越来越多，跟着跑的人也越来越多。日头有点偏西了，阳光把她的身体镀成金色，给黑发镶上闪亮的珠宝。水中的艾娃，像一艘装点精致的小花船，穿破众人的目光，把兴奋的欢呼留在身后。这是她一生中最纯洁美丽的时光。

河道慢慢变窄，农田稀落起来，鱼群陆续散去，身后的人群也逐渐看不见。艾娃游累了，摊开四肢，在变凉了的河水里任意漂浮。她看见初升的月亮和将落的太阳，并排挂在天空里，从被风吹动的柳条间半遮半掩地滑过去。艾娃望着它们，很快睡着了。

她梦见水像剪刀似的把她从正中裁开，很多针一样的红色小鱼从疮口游出来。切割成两半的身体，一半变轻变透明，晃晃悠悠浮上水面；另一半变重变浊，沉下黑漆漆的水底。在即将触到河床时，她突然被一根鱼钩挂住，散发锈味的巨大铁钩，从她的阴部刺进去，胸前穿出来。光线照亮渔线的另一头，一张模模糊糊的人脸。

艾娃痛醒了，发现被卡在一棵大柳树半裸的树根间，柳枝拂弄着她的身体，半条腿陷在淤泥里。这是一个窄小的河道弯口，水浅得只到腰部，很多垃圾在这里沉积。艾娃挣扎着从垃圾堆里站起身，歪歪扭扭地蹚出河道。

天黑得只能辨出景物轮廓。远处有喧腾的人声，暗黄的灯光，还有油腻的烟味，一团一团飘过来。像是一个夜市。艾娃记得初次随母亲进城，夜市是一条摆满摊位的小路，摊前明暗不一的灯泡，一个接一个连向远处，地平线上，两边的灯光汇成一点。艾娃还记得那晚妈妈买的鱿鱼干，有咸湿气，吃了几口就大吐起来。旁边的人奇怪地看着她。那种美味的鱿鱼干颇受欢迎,排二十分钟队才能买到。

艾娃能模糊记起鱼肉烤焦的味道。妈妈微笑着把串烧棒递给她,再抬头吸两下鼻,闻一闻热烘烘的油香。那时,妈妈的脸白白净净,头发在脑后盘成一团。

艾娃转身往暗处走。骨骼还在酸痛,但下体的血止住了。她喜欢湿冷黑暗的空气,像是走在深海底。她知道,她在朝着家走。

舅舅和精神病院的医护人员,在农地里找了一整天。

"你们三个大男人,怎么看管的?"舅妈嚷嚷。

"正是因为大男人,女孩撒尿不好意思死盯着,"舅舅说,"如果你去送,就不会出事。"

"好在她又自己回来了。"舅妈瞥了一眼伏在角落里的艾娃。这女孩简直是她的噩梦。

两口子决定把艾娃养在家里。毕竟是妹妹的女儿,小市民最怕横生是非。他们买来一只木头大浴盆,放在院角,注了水,将艾娃泡进去,用塑料板虚掩着,每天饲鱼时分她一些鱼食。

艾娃胃口不大,最麻烦的是换水。得把她从盆里捞出来,将脏水倒掉,用皮管注入新鲜自来水。耷拉着的四肢又滑又沉,舅舅得让阿发帮忙。舅舅托头,阿发提脚,光身子的艾娃被从水里抬出来。

慢慢就疏懒了。艾娃也不提醒，水清时游动两下，水浊时趴在盆边，嘴巴露在外面透气。很快到了忙碌的水产旺季，她被彻底遗忘了。一两天不换水，木盆里稍显浑浊；三四天不换，残余的食料微微发臭；一星期之后，沉在盆底的灰白粪便开始黏稠。艾娃的皮肤上钻出密密麻麻的小红点，奇痒无比，一抓即破；眼睛被鼻涕似的分泌物蒙住，眼珠几乎不能转动；糜烂的嘴角上，鲜淋淋的是血，白花花的是脓。她半侧着身，奄奄一息地张着口，一只肩膀露在发绿的水和漂浮的秽物之上。

艾娃觉得快要死了。将死的感觉很奇妙，仿佛身体被塞进一朵半透明的乌云。云从甬道般的时间倒穿回去，于是看见沙滩上的爸爸，残缺的肢体一点点长出来；还看见打开的骨灰盒，片片粉末重新拼合出妈妈的形象；爸爸和妈妈在很远的地方，他们的四肢像水母，眼睛里有贝壳色的光。艾娃看着他们，内心感觉快乐。

最早发现的是阿发。十六七岁的乡下男孩，很早到城里来打工。他是唯一喜欢艾娃的人。那清秀的五官，微微鼓起的胸脯，阿发看了既喜欢，又难为情。掐指算来，隔壁做水产的叔叔有十二天没让他帮忙换水了。

阿发打工的饭馆紧挨艾娃舅舅家。一日工余，他从厨房后堆放垃圾的空地爬上去，再从艾娃家院子翻下来。刚一下墙，差点被臭气熏晕。掀开塑料板，艾娃正翻着白眼，一动不动地泡在绿水里。

"叔叔，艾娃快死啦！"阿发向前屋跑去。

"死小鬼，啥时进来的？"舅舅抄起扫帚，"是不是偷东西，是不是？"

阿发被追打出去，舅舅咕哝着，继续回砧板前切鳝丝。舅妈闻声出来，张张前门，望望窗口，狐疑地到后院转一转，随手把院门锁了。

"这小子怎么进来的？"

"可能爬墙吧，改天我把墙头垫高。"舅舅将血淋淋的手指往抹布上一擦，擤掉一把鼻涕。

"我在院子里闻到什么味儿，可能该给死丫头换水了。"

"改天吧，正忙着呢。"

阿发顺着街道漫无目的行走，满眼都是艾娃、艾娃。地面的石缝间塞着那张漂亮面孔，被侵蚀得只剩几个大窟窿；转角路牌下挂着那对小巧乳房，流着脓，精疲力竭地干垂着；还有那曾经触摸的柔滑肌肤，像破损的墙面一般又硬又干。阿发告诉自己，必须采取措施。平日木讷的头脑，突然变得敏捷起来。

暗访的记者有些鬼祟，窄长的金丝边眼镜后，目光总爱跳来跳去。他先是假装买鱼，舅舅冷眼瞅着他笔挺的衬衫和锃亮的公文包，手里的刀狠狠一切，一串鱼血飞溅到白衬衫的前襟上。男人心疼地又擦又弹，舅舅暗暗好笑。

记者没从舅舅那里获得任何有价值的信息，到后院看鲜货的要求也被拒绝。他怀着恼怒的心情离开，决定为他被污的衬衫好好报一下仇。第二天，当地晚报登出一则花季少女被狠心舅舅折磨的新闻特写。富有文采和想象力的故事中，艾娃是个可怜的受气包，连床铺和被子都没有，只能躲在水盆里取暖。"据有关人士透露，该少女已在水盆里生活了一年……"

舅舅、舅妈快气疯了。一琢磨，害他们倒霉的"有关人士"，除了臭小子阿发还会有谁。他们到隔壁饭馆老板那里告状，还狠扇了阿发一顿大头耳光。

市妇女儿童保护协会来人了。一个干部模样的男人，带着几个面容严肃的大妈，进门就说探望艾娃。舅妈领他们到后院。

晚报新闻刊登后，舅舅、舅妈又开始每天换水，他们在水里放了治皮肤病的溶剂，让艾娃大把服用消炎药，还将鸡蛋、牛奶、蔬菜混合着捣成糊，逼艾娃吞下。

艾娃的皮肤开始结痂，粗肿的肢体消退了。妇女儿童保护协会的人来视察时，她正趴在盆边吃东西，恢复视力的大眼睛亮晶晶的，盯着他们。来人对她的气色表示满意。"感觉如何？"男干部试图表示关切，脸颊上的虚肉往外挤。艾娃扔下碗，一头扎进盆底。

"她很久没说话，也许是哑了，"舅舅打圆场，"应该是水质问题，这儿的水实在不好。"

"要对小孩子多加爱护。"干部怏怏道。舅舅、舅妈拼命点头。

保护协会的人回去后，在一家有影响的报纸发了头条，呼吁改善这个城市的供水质量。

这两篇报道激起了媒体兴趣。更多记者涌来，市政报、儿童报、娱乐小报、时尚刊物……甚至肺病研究所的内参记者。他们从关注虐待儿童问题，转为对艾娃奇异的生理机能表示好奇。艾娃的经历通过舅舅添油加醋的描述和记者们的润色夸大，马上变成传奇。她从医护车逃亡后游经的河路，也成为一个景观，当时见过美人鱼的农民们接受电视台的采访。

"就在那儿。"镜头里，第一个发现艾娃的中年农民指着有点浑浊的河水。

"美人鱼浑身亮晶晶。"一个孩子大叫，他为自己是目击者之一而激动得声音打颤。

庄稼汉们一片咂嘴和赞叹，摄像机从他们朴素的脸上摇过去。

公众的好奇心骚动了。人们从四面八方涌来一睹芳容。舅舅、舅妈停止水产生意，门票费使他们开始发财。

一个传记作家想写艾娃的故事，为获得一手资料，忍痛接受了舅舅的天价。两个月后，《美人鱼的故事》诞生了，短短一周登上季度畅销书榜首。人们争相购买,津津乐道。在香艳的封面上,艾娃面无表情地瞪着镜头,微凸的眼球使她目光涣散,但不失迷离神秘的美感。

书中插配了很多生活照。艾娃已显出美人的雏形,拥有一身半透明的皮肤。摄影师让她在置有红色假珊瑚的大鱼缸里游泳,头戴水草扎成的饰环,颈佩贝壳镶制的项链,手臂缠绕七彩渔网。他们让她穿金光闪闪的鱼尾皮套,艾娃挣扎了几下,屈服了。她不讲话,报纸上说,本地恶劣的水质毁坏了她的声带。

虚虚实实的传记告诉人们,艾娃可以在完全不接触氧气的情况下存活五天。一家网站展开大讨论:是什么让艾娃选择了水?

答案从世界各地寄来。有人猜测,幼年时父亲死于海难,使得艾娃需要从水中获得心理补偿;有人说道,妈妈不让小艾娃接触水,艾娃产生了逆反心理;也有人认为,一切纯属偶然,就像有人偶然发现自己爱吃玻璃,有人偶然发现自己能承受高压电。"每个普通人身上,都藏有一个奇迹。"那位网友写道。还有一名科学爱好者寄来三万多字的长信,论证在拥挤的地球上,海洋将是人类未来的居住方向。

很多人开始动脑筋。一家海洋馆的馆长出价最高,舅舅有些心动,和舅妈一商量,还是决定拒绝。他们定下一条规矩:在艾娃没有实现最大价值之前,拒绝出售她的使用权、监护权。

不过也有一次例外,那位特殊来人是国家科学研究院生命科学研究所的研究员。戴眼镜的北京小老头说话慢吞吞,很有教授派头。他坐专机从首都飞过来。

老头和艾娃舅舅聊起研究的重大价值:"你看,除了鲸、海象等个别现象,大部分哺乳动物都无法在水中生存那么久。这女孩的生理构造也许会让我们对一些问题有深入了解,"老头顿了一顿,四下环视,压低嗓音,"人家美国和俄罗斯,研究两栖人已经四十多年了,我们也不能坐等着啊,"他微微昂首,有把握地笑起来,"你不会不为咱们国家利益考虑的,是不是?"

淡淡的威吓把舅舅镇住了,他乖乖把艾娃送去研究所。老头许诺,等检查完毕,就把他们的心肝宝贝原封不动交回来。

科学家们进行了彻底检查。艾娃被绑在测试床上,仪器探照,针头戳刺,皮管包扎。血液、小便、皮肤、头发,甚至肌肉,都被分门别类采了样。结果显示,她身体的大部分组织——包括声带,都完好无损;只是血红蛋白量高于常人,专家分析认为,这使得艾娃下水后,主要依赖储存在肌肉中的氧气;除此之外,肺泡也出现变异:更大、更薄、更有弹性,她的肺能保存三倍于常人的氧气。但这些变化究竟如何导致的,研究者们一筹莫展。

更有一个爆炸性的发现:艾娃已有五个月身孕。由于长期蜷在盆底，凸起的肚子不易被察觉。舅妈注意过一次，但艾娃还未初潮，因而她一闪念，就把疑虑打发掉了。

三个月后，舅舅把艾娃从研究所接回来。没几天早产了。那是只肮脏腥臭的肉球，拖了一根粗糙的脐带。护士剪断脐带，把婴孩蜷曲的手脚掰开，发现它埋在胸前的脑袋只有拳头那么大。舅妈从旁看了一眼，差点晕过去。透过婴孩胸部的皮肤，隐约能见蒲扇一般的肺叶。畸形的脑袋低垂着，压迫它的肺部。

几小时后，怪物停止呼吸。护士用镊子将它拽出育儿箱，裹进布单，带离产房。艾娃斜靠在床头，望着那包血迹斑斑的东西，不发一言。

舅舅、舅妈确信，这事准是阿发干的——他是唯一有机会和艾娃独处的男人。自从阿发把艾娃的事捅给记者后，他们不允许他再进门。阿发只能等到参观的人群散去，趁黑偷偷爬过墙头。他注意到艾娃不喜欢鱼食，于是时常给她带好吃的。

艾娃最喜欢一种有水果夹心的巧克力，她已经不会咀嚼，双手捧着打开的锡纸包装，舌头像蛇似的一舔一舔，舔化后一口口咽下。阿发觉得她的动作慵懒优雅，即使唇边沾满巧克力酱，也显得娇俏可爱。艾娃不拿正眼瞧阿发，吃完巧克力，包装纸往地上一扔，自顾自沉到盆底。阿发也不生气，默默趴在盆沿上。

有时无事可做，艾娃就唱歌。逃出蓝褂子的魔爪后，她再没说过一句话。即使唱歌,别人看来,也不过是在水里吐泡泡。但阿发能听懂。那种微若游丝的声音,透过水的传播,有了跌宕回应,像五六个女孩一起捏着嗓子轻哼。艾娃忧郁时,渐渐稠重的歌声沉到水底;明快时,歌声就变得轻盈,浮出水面。但明快的时间往往很少。

阿发将嘴巴凑近水面,轻声细气地讲他送外卖时遇见的各种人:夜以继日打麻将的家庭主妇,偷偷同居的大学生情侣,腿脚有风湿病的孤寡老太……说到好玩处,阿发自己忍不住笑。艾娃跟着笑,柔软的笑,像有人在水中晃动手指,水纹把晃动一波一波传递上来。

很多个黄昏在唱歌和讲故事中度过。有时累了,两人都不出声,艾娃脸朝上平躺,阿发耷拉着脑袋,半闭着眼睛。额前的头发被风吹动,他想象是艾娃的手指在撩拨。

隔壁水盆里,鱼儿们甩摆尾巴。院外大树的枝叶被风扫出或高或低的"沙沙"轻响。墨蓝的天完全黑了,城里星星少,月亮还是很大很亮。有时望望天,看看艾娃,阿发就迷糊过去,做一些沉甸甸的梦。

但他很快警醒:"我得回去啦,明天再来看你。"

艾娃隐在漆黑的水里,不动也不响。她看起来没有一点感情。

当艾娃辗转于研究院和医院时,阿发的日子无滋无味。他找了份夜间保安的兼职，用工作填充每一个空隙。艾娃回来那天，他正准备送外卖，发现她家门口又堆起一群议论纷纷的人。他立刻掉转自行车头，去把夜间兼职辞了，并顺路买了三大块水果夹心的巧克力。

等啊等，等到晚饭时，看热闹的人们才陆续走散。天完全黑了，阿发爬上墙头，手指颤抖，掌心湿得直打滑。在艾娃离开的日子里，舅舅、舅妈将后墙重新砌过，垫高一尺，还安装了尖头的铁栏杆。新砖十分光滑，阿发费了很大劲才爬到墙顶。扒着铁栏杆往里瞧，艾娃正安安静静仰躺在一只崭新的方型玻璃水缸里。天太黑，她的面孔隐隐约约，身体却是一如既往地雪白，刺破即将连成一团的昏暗。阿发一阵眩晕。他跨出脚去。

舅舅听到后院一声惨叫，赶出去看究竟。舅妈打开沿道的灯。他们看见阿发蜷在墙角，身子不断抽搐，双手捂住腿间，底下好大一摊血。

"报应，报应！"阿发被墙头的尖杆戳穿下体，掉落时左侧骨盆粉碎性骨折。舅舅马上让所有人相信，艾娃怀的怪胎是阿发的。这个土不啦叽的乡下小子，常在夜间爬过墙与艾娃野合。

阿发的照片上了头条。灰黄脸色，尖长鼻子，眼睛小而有神，失血的嘴唇惨白着。记者评论道：这种脸型的人大多神经质，再加性格封闭，容易产生变态的犯罪倾向。

舅舅、舅妈发表声明，不打算追究刑事责任，只需阿发当众道歉。宽容的态度赢得了公众的赞誉和媒体的支持，买门票参观艾娃的人又多起来。

阿发的妈妈从乡下来。从医院接走儿子时，他的下半身还裹在石膏里。光急救费用就花完了老人家的所有积蓄。贱卖了给儿子新盖的婚房，还欠一屁股债。她让两个乡下亲戚帮忙，把尚在感染发烧的阿发抬上三轮车，踩回乡下去。可怜的老母哭着求着，希望他能开口认错，闪光灯把那对满是泪水和屎垢的眼睛打得昏花。阿发面无表情，轻轻念叨："不是我，不是我……"

"是他吗？是他吗？"有记者采访艾娃。艾娃不说话。那晚听见阿发轻呼她的名字，然后就是惊叫和一声重响，缸里的水被震得剧烈摇晃。她不睁眼睛，依然置若罔闻地仰躺着。阿发被七手八脚抬出去时，再次听见他喊"艾娃，艾娃"，一滴眼泪顺着艾娃的面颊滑下来。开始她不能确定，但马上相信那是眼泪，因为它黏黏的，在皮肤上走得很慢，掉进水里时，发出了一声清脆的"叮咚"。

艾娃冰冷的身体温热起来，一种陌生的感情在心头不停抽打她。更多眼泪掉下来，全都黏糊糊的让人讨厌。她深吸一口气，沉到盆底去。

没有阿发的日子，艾娃像是突然病了，不吃东西，整日昏睡，偶尔被来来往往的参观者吵醒，就懒洋洋地漂浮着，听他们用各种稀奇古怪的名字称呼她。

某天，艾娃发现一双小而有神的单眼皮眼睛，正在人群中专注地望着她。心脏猛跳了一下，她趴到玻璃壁上，对着那双熟悉的眼睛高歌起来。长得像阿发的小眼男人听见了，推开旁人，弯腰凑近。隔着有些浑浊的水，艾娃感觉他的脸快要和自己的碰到一块了。这时，小眼男人爆出一阵笑，指着艾娃，转身对同来的女人说："看，怪物在朝我吐泡泡。"更多嘻嘻哈哈的面孔贴过来，男人把手圈到眉毛下，模仿艾娃的凸眼睛。女伴开心地拍手。

公众的好奇心犹如来去匆匆的龙卷风，观赏艾娃的票价开始打折。舅舅、舅妈花钱雇了个小女孩打理艾娃，自己忙起了装修。他们用展览的钱购置了新房，一套地处市中心的高级景观房。他们在参观者中，搭识了一家大型国营食品加工厂的厂长，他把这对颇具生意头脑的夫妇弄进了自己单位。一切安顿之后，两口子做出一个重要决定：生孩子。两个月后，舅妈顺利怀孕。

艾娃彻底地多余了。舅舅、舅妈商量了几晚，决定将她卖给曾出天价的海洋馆馆长。一番讨价还价后，双方皆感满意。张馆长开的价不到原先的十分之一，不过也算一笔大钱。舅舅、舅妈为甩脱包袱而松了口气。

张馆长第二天派人把艾娃接走。他决定特辟一个新展区，名为"美人鱼水晶宫"。他相信艾娃还有潜在价值可供挖掘。

水晶宫很快落成。开馆之日,市长亲自到场剪彩,并作简短发言。他提到:"艾娃是全市人民的骄傲。"第二天,这句话出现在了各大媒体。

全新造型使艾娃再受瞩目。传记重版了,连盗版都被抢购一空。水晶宫天天爆满。这条美人鱼搬进了顶天立地的巨型水缸。她的皇宫在水缸左侧,一间方方正正的水晶小屋,哥特式尖顶耸出水面。周围彩灯一打,屋子眼花缭乱地闪耀起来,顶部的彩球转个不停。

人们从进口处排起长队,围着缸外的栏杆缓慢挪步,一圈转完,从出口出去。起初艾娃整天缩在屋里,参观的人们通过半透明的屋壁和宽大的屋门观赏她。她赤裸的身体被彩光笼罩,头发分成一绺绺,每一绺的末梢都系一粒硕大的假珍珠。

孩子喧哗,女人叽喳,偶尔有男游客起下流念头,趁警卫不注意,偷偷挑逗美人鱼。但大多数人是文明的,他们留下赞美和惊叹,带走猎奇后的心满意足。

艾娃慢慢习惯了新家。水缸足够大,足够舒服。缸底铺一层均匀的白沙,还有卵石、贝壳、海星,巨大的珊瑚和水草是从海里直接植过来的,看起来像是真正的海洋世界。很多尾巴亮晶晶的小热带鱼游来游去,它们呆滞乏味,还有股讨好观众的谄媚劲儿,显然是被饲养惯了的。艾娃不理睬它们,她比任何时候都怀念阿发,但这怀念已淡化成一种平静缠绵的东西,环绕在她体内。

馆里特配了一名工作人员，名叫阿莫，艾娃从未见过更丑的男人。他瞎了一只眼，跛了一只脚，头发乱糟糟，衣服脏兮兮。由于眼窝的塌陷，上半张脸的皮肉歪向一边，仿佛一只即将完工的泥人，被手艺师傅不小心捏了一拇指。

开始时艾娃害怕正视他，三五天就适应了。她发现，阿莫的另一只好眼挺和善的，如果不是因为沾了灰尘眯缝起来，那长长的睫毛大大的眼，甚至可算英俊。每天清晨，阿莫早早打开水晶宫的大铁门，把隔夜空气换走。然后打扫、换水、喂食。馆里配给艾娃一种方形的压缩饲料，阿莫通常喂她香蕉干。他喜欢香蕉干，猜测艾娃也会喜欢。从袋子里取出一坨，一小块一小块掰开，顺着缸壁投下去。

艾娃观察片刻，慢慢接近，猛一张嘴，连水带食物吸入，一闭一咽，香蕉干就穿过食道，进到胃部。这东西不赖，甜甜的，被水一泡就软了。鱼食太苦涩，填不了肚，如果鱼虫干顺水钻进鼻腔，还会引起咳嗽。

阿莫喜滋滋地注视艾娃，心想她的食道一定是平坦柔软的。阿莫觉得她美，她是他见过最美的女子。皮肤上隐隐约约的青色血管，像是小号毫笔精心描成的。她像一件不食烟火的艺术品。

每天早上阿莫给她梳头。艾娃将头顶微微露出，长发浮上水面，像些黑丝线。阿莫将它们梳通、理顺，分成一绺一绺，每一绺都扎成麻花辫，最后系上珍珠。阿莫很有耐心，指头也灵活，不会让艾娃无故掉头发。可一颗一颗的假珍珠，那个沉啊，把头皮拽出血来。有几次还被水草绊到，将整簇头发硬生生扯下。阿莫无能为力，唯一可以做的，是在傍晚闭馆之后，迅速给艾娃卸妆。这时她像小水妖，脑后一袭黑发，身体轻似烟云，在水波中辗转起伏。阿莫关门、打扫、喂食、换水。他不用抬头看，就能感受到美。艾娃的美是气体分子，在一呼一吸间冲击着他。

这样的黄昏是阿莫一生中的至高幸福。这个天生的跛子和哑巴，被父母抛弃在路边，领养的婆婆抱他烧饭时突然中风，他掉在地上被火钳烫瞎了一只眼。海洋馆的工作是邻居老太发善心，让儿子走后门介绍进来的。那年婆婆去世，阿莫十岁。

除了早晚的常规打扫，他一般待在海洋馆配给他的小储藏室里。他这辈子见过的鱼比见过的人多。第一眼看到艾娃，他的反应不是惊奇，而是亲切。他觉得艾娃是同类，但很快否定了这个想法：他太清楚自己的丑了，就像能明明白白看见艾娃的美。

艾娃得到精心照顾，渐渐不怕生了，开始游出水晶屋。

"看，美人鱼出来啦！"第一个发现的游客尖叫。

排队的人争着往前挤，还"哗哗哗"鼓掌。

现在的艾娃更像一条鱼，手脚扁平，有点鳍化，眼白蜡黄，更加凸出；她的胸脯已发育完全，吸水时鼓鼓胀起；下体长出墨绿色的阴毛，像一丛有光泽的水草。她仍不活跃，大多数时候，像在舅舅家那样潜于缸底，偶尔有气无力地摆一下腿臂。

海洋馆出了大价钱，显然不会让她这么舒服。分管水晶宫的李姓副馆长，要求艾娃每天定时跳舞，还得按照他规定的路线游走。

艾娃觉得可笑，不把这个大饼脸的男人当回事。李馆长马上给艾娃颜色看。他在水里放一种白色药末，溶化后会发出类似粪便发酸的味道。艾娃躲进小屋子，尽量减少呼吸。打从半个月没换水的盆里存活下来后，适应这种异味并非难事。

施药恫吓无效，李馆长又往缸里放水蛇。这是条橄榄色的小蛇，粗短身材，凶狠的小眼睛，两侧腹肚上各镶一条棕红的纵带。小水蛇似乎对艾娃没兴趣，一入缸就追逐那些养尊处优的热带鱼。它身手敏捷，并且有只庞大的胃，喂饱自己后，绕着珊瑚惬意游走，然后静静在角落里盘成一团。艾娃并不害怕，即使它从背脊上滑过去，她仍然若无其事。

李馆长又想到一招：在水里通低压电。第一波电流是试探性的，艾娃身体微麻，抽搐了一下。李馆长兴奋起来，让阿莫加大电力。一股燥热刺穿艾娃。李馆长叫嚷道："升高，高，再高，升——"

燥热由细针变为尖刀，由尖刀变为夹刑棍，要从身体内部把艾娃夹裂开去。可怜的水蛇早已禁受不住，食物消化到一半，死白的肚子就直直挺出水面。

"听不听话，你听不听话？"

艾娃虚弱地点头,身体一翻,双臂一摊,什么都感觉不到了。

恢复了两天,浑身骨节还在酸痛,但李馆长催促她表演了。按照设计,艾娃必须时而摆成"大"字,时而抱缩成团,或者接二连三翻跟头。这些动作让粉红的下体和乳头充分暴露。艾娃已经懂得羞耻了,她夹紧双腿,环拢胸脯。李馆长大喊:"张开,张开。"

他派另一工作人员训练艾娃,那个叫小赵的学着李馆长,用扫帚柄拍水缸:"张开,张开。"艾娃被迫张开,冰凉的水流进阴部,她想起稻田里蓝褂子青年探过来的手,还有那个剪刀和铁钩的梦。

除了每天四小时的舞蹈,还得绕珊瑚、水缸壁和水晶小屋打转,同时不停摆首,使发辫上的珍珠颗颗散开。艾娃撞东撞西,额角肿了包,面孔也被珊瑚的尖角划破。小赵朝她瞪眼睛、挥扫帚。

"控制方向!控制方向!"他转身对阿莫说,"这样的白痴,就得拿电来教训!"

阿莫正在把玻璃缸沿的灰尘抹掉。艾娃看见他鼻子红了,流出一挂清水鼻涕。

经过十天训练,艾娃会翩翩起舞了,在水缸里游转时,也能大致把握方向。李馆长在水晶宫门口立了一块大牌:"人鱼裸舞",还托关系在报上登了宣传文章:《会跳舞的美人鱼,等待王子的出现》。

这真是个恶俗又讨人喜欢的主意。人鱼舞蹈首日演出，等候入场的队伍围着水晶宫外墙绕了好几圈。艾娃四肢画了鱼鳞样的花纹，腰际束了亮晶晶的带子，发端系了比先前多一倍的珍珠。除了日常投射的彩灯，缸顶还加了两个大追灯，把她身上的颜料照得闪闪发光。

看，美人鱼起舞了。珍珠温润的光，追灯霸气的光，人鱼自身散发的怯生生的光。光线和肢体交杂出一片缭乱。艾娃翻跟头时，观众喝彩起哄，有人把硬币从栏杆外扔进水缸。一对带儿子来玩的年轻夫妇，为了满足叫叫嚷嚷的小宝贝，从早到晚连续排队看了四次。他们接受了电视台采访，对着摄像镜头，一岁的小男孩说出他生平的第一句话："美人鱼。"

李馆长挤在人群中，侧耳倾听各种赞美。散场后，报纸和电视台采访了他，把他称为"有创新思维的年轻实干家"。

半个月后，广受赞誉的实干家延长了水晶宫的开放时间。又过半月，加设夜场。玻璃缸周围添了雅座，客人们可以边喝咖啡，边欣赏艾娃的水中舞。水晶宫的赢利很快超过海洋馆其他分馆的总和。李馆长的薪水上涨一大级。他开始暗底寻找机会，希望能跳槽去更有发展空间的地方。

昼夜不息的彩灯损坏了艾娃的视觉，超负荷的表演使得身体迅速衰弱。没过两个月，她再也翻不动跟头，甩不动脑袋，在缸底软作一团，任凭观众发出不满的嘘声。

闭馆后，李馆长来收拾艾娃。

"装死。"他敲击水缸壁。

艾娃不动。李馆长将一柄巨大的兜鱼器从缸口探入，扯住艾娃的一条腿。艾娃疼得一翻身，随即又不动弹。拨弄了几下，李馆长对阿莫说："拿电极来。"

艾娃徇起身，爬向中央最大的珊瑚丛。贝壳将她的小腹和肘部划出道道血丝。她奋力一跃，脖颈被一根珊瑚枝卡住。扭动肩部，反而越卡越紧。

"电极！"李馆长又在叫。

艾娃闭上眼睛，忽听得一串嘈杂。她有点吃惊，但很快连吃惊的力气都没了。

推搡、碰撞、重物落地，铁门弹开和阖拢的"咚咚咚"。艾娃仍被架在珊瑚枝上，随着水波震颤不已，"哗"的一声，她发现身上的水在迅速退去。头顶发凉，接着是前额、面孔、脖颈，身体。她裸出空气的小腿微微抽搐。

有人将艾娃脸上的湿发捋开，一只眼睛凑近来，它被一颗很大的泪珠撑满。阿莫看着艾娃，艾娃看着阿莫。他扔掉支撑彩灯的铁杆，把兜鱼器从她腿上挪开，然后一手托住她的身体，一手理顺缠住珊瑚的头发，轻轻将艾娃拉出来。阿莫手上有血，本已半干，沾到水后又一滴一滴往下淌。通天水缸被砸了个大缺口，贝壳砂石冲洒得到处都是，几条蛇口余生的热带鱼，在地上徒劳摇摆它们彩色的小尾巴。

在大水塘的另一侧，躺着满头是血的李馆长，正骂骂咧咧想支撑着站起来。铁门被锁上了，有敲门声。"馆长，阿莫！"小赵在门外气急败坏。

艾娃在阿莫臂弯里扭摆，阿莫按住她，指指自己的小储藏室。艾娃摇摇头。阿莫抱起她。储藏室被推开，一股压缩鱼食的腐烂味。屋内窄得仅容侧身，阿莫将艾娃托过头顶，像托举一件圣器。沾满灰尘和蛛网的天花板从艾娃眼底滑过去。阿莫不断调整角度和姿势，使跷脚造成的颠簸降到最低。

靠窗的钢丝床上，散开的薄被堆靠在墙边，一只裸出芯子的枕头胡乱扔在床尾。灰尘卷成大团，在风里发狂似的乱转一气。一只大老鼠从阿莫脚背上窜过去，阿莫抬腿在床单边轻轻一蹭，就踩到床上。

床头一大堆纸箱，有用透明胶封住的，有敞开着的，还有些空箱子，倒扣着或者被踩扁了叠在一起，一些黑乎乎的虫蚁爬进爬出。裤袜牙膏之类的杂物堆满箱顶，落着灰尘。

阿莫拎过床上的薄被，把艾娃罩起来，又从箱中取出衬衫和一大包香蕉干，将食品袋裹在衬衫里，绕到胳膊上，随后推开窗，踩住堆叠的纸箱，一蹬、一伸。艾娃感觉自己在窗外了。

阿莫把她放到窗台上，自己跟着钻出来，跳到地上，再来抱她。衬衫被钉锔儿钩住，香蕉干"稀里哗啦"散出来。阿莫略一迟疑，将衬衫轻轻搭在艾娃脸上。窗外的空气太稠密了，反而让艾娃呼吸不畅。

对面是职工宿舍，不远处即海洋馆的后门。他们必须穿过长满野草的小花园，途经有人昼夜值班的门房间。

职工宿舍楼的阳台上，有人在聊天，说笑响亮。

"喂，哑巴，干什么呢？"

"好像抱着一大堆东西嗳。"

男人们拍着阳台沿狂笑，还有口哨声。

"喂，该不是偷东西了吧？"

"偷东西，什么东西值钱，配让咱哑巴偷？"

"大概是他看管的女人鱼。"

"哈哈，一对怪物，偷去做媳妇啊？"

"蛮般配的呢。"

"喂，哑巴，把布撩起来我们看看！"

阿莫欠欠身，跛得更厉害了。男人们又一阵讥笑。

艾娃在衬衫底下侧过脑袋，瞥见小路上尖尖的铺路石。阿莫的光脚丫被扎出血来，一小点一小点的红色。艾娃呼吸顺畅了一些，耳朵也适应了嘈杂。她发现水外的世界并非想象中的不可接受。

"喂——"一个老头的声音，大约是门卫。艾娃看见阿莫的大脚趾紧张地绷起来。老头又"喂"了两声。阿莫快跑几步，蹿出大门。他臂弯渗出汗珠，艾娃差点滑出去。她被颠得连连作呕。

身后突然热闹,估计是追兵将至。衬衫掉落,艾娃吸了一大口气,她看见铁灰铁灰的天,团团云彩恰似阿莫房中的尘垢。

阿莫挑小路跑,艾娃的膝盖不小心撞到墙,出血了。阿莫一边喘气,一边"咿咿哑哑",步伐渐渐凌乱。

好在是四五个心不在焉的追兵,小赵临时从隔壁海豚池找来的。现在是下班时间,他们本想躲着打牌,虽然不敢推卸,心里却不情愿,虚张声势地喊两声,脚底越来越慢。

阿莫转了几个弯,甩掉身后的人。艾娃挣扎着从他怀里下来,推开搀扶的手,贴着墙壁缓缓站起。疼痛从宽大扁平的脚板扎进心脏,身体一波一波地发着软,仿佛空气里仍有看不见的水。

阿莫一边调整呼吸,一边不停落泪。艾娃的伤口在流浅黄色的血。他蹲下,抠出一块嵌进脚心的小石粒,在路面划了三条曲线,然后坚定地指向前方。

艾娃漠然注视着他黑乎乎的趾甲缝。她走不动了,皮肤微微皱起,水珠从肌理间渗出来,汇成细流往下淌。她每次吸气时,胸脯会轻轻抖两下,仿佛在很费力地打开肺叶。

片刻之后,呼吸顺畅了,眼球的凸起也似乎不那么明显。至少,阿莫看清艾娃是在直视他——以前她眼神涣散,仿佛要把所有东西都罩进视野。

终于,艾娃减少渗水。阿莫觉得她的脚掌也小了些,一大滩湿迹浸没了石子划出的三道白痕。

阿莫捡起艾娃抖掉的被子,重新给她披上,然后弓下身,张开双臂让她趴到背上。艾娃摇着头,慢慢挪开身体。墙上是半个水印的人形,其中沾着从她皮肤上掉下的细屑。靠墙的肩头红通通的,像刚受过灼烫。艾娃用另一侧的手撩起被角,盖住红的肩头。

她走得很慢,必须抬高脚掌,找准落点,然后小心翼翼地放下。她总共走出三步。肌肉冻失知觉,皮肤仿佛随时被风吹离,肠子被狂灌而入的空气撑得停止蠕动,胃里的隔夜鱼食突然拒绝接受消化,一块一块死硬地顶在肚皮下。小小的三步路,耗尽了艾娃所有的气力。

小巷很短,阿莫背着艾娃。他们遇见一个蹲在门前洗衣服的老太,懒洋洋地抬了一下脸,马上又把注意力转回满盆泡沫中。

绕过巷尾,就是宽阔大道。阿莫往路边花坛里藏,大梧桐树掩护了他们。太阳快要落山,上班高峰后的路面冷冷清清,犹如一阵飓风瞬间卷走所有的车辆行人。阿莫被一丛灌木绊到,裤管撕开一道血口。他的背越压越低,撩开枝叶的手势也越来越缓,艾娃感觉他那条坏掉的腿在抖个不停,一只废弃的马夹袋颤巍巍刮过来,猛地贴到他膝盖上。

阿莫听见她在肩上呻吟,声音细小,像孩子想忍又忍不住哭。他的跛腿抽起筋来,他跪倒在泥地里。艾娃仍伏在他背上，他们静静呼吸。空气中有广玉兰的味道。在这个即将开败的季节里，这味道有种脆弱的甜美。

突然，一股酸臭打散广玉兰的花香。阿莫意识到：机会来了。他将艾娃连人带被夹在腋下，另一手推开挤在面前的枝叶。

他看见那辆停靠在路边的垃圾车，蓝白相间的车身掉了漆，两个戴手套的工人正把最后一只垃圾桶吊起来，垃圾从橘黄色的塑料桶"哗啦啦"倾倒进车斗。

一个工人懒洋洋地把垃圾桶提回原地，另一个走向驾驶室。阿莫瞅准时机，蹿到卡车背后，艾娃忽地发现他不跛了。两个工人磨磨蹭蹭地坐好，阿莫用力把艾娃甩进车斗。卡车"突突"启动，阿莫脚一踏，也上了车。一个过路老头好奇地停下，做出一个准备呼喊的表情。这时，车开了，老头呆呆望着，像是没反应过来。车驶远了。

艾娃这才注意到，她和阿莫正挤在垃圾堆里。身上的被子已被污水沾湿，阿莫满头满脑的脏东西，一条腿还挂在车外。往里挤了挤，半袋馊牛奶从背后的垃圾山倒到他头上。艾娃突然一笑，阿莫用手抹了把脸，正巧看见这个笑。他从没见艾娃笑过，她笑得和他想象中一样好看。

两人即刻恢复到面无表情。阿莫努力保持静止，免得又遭淋漓之苦。艾娃用被子蒙住鼻孔，憋上老半天才伸出嘴来吸气。在和恶臭搏斗的过程中，她渐渐忘记身体的不适。阿莫的傻样很可笑，可她不想笑也不习惯笑，甚至当她想起自己刚才那一笑时，心底感到憎恶。

道路越走越空阔，艾娃觉得眼熟。一边是秋收后残败的稻田，一边是脏兮兮的小河。垃圾车已出城，上了国道。艾娃记得，上次她是被绑在医护车的担架上来的。

收割下的稻子捆扎后堆在田和田的交界处，看起来这不是一个丰收年。地里，半尺高的稻茬随风摇曳，像一些被截去手掌的腕子。稻田尽头矗立着几栋样式难看的小楼，新贴的马赛克在落日里泛出暗光。再远就是天尽头了，艾娃发现，稻田居然和天际线一色，田里的梗子在晃，天上的云也在走，每样瞧得见的东西都在慌慌张张移动。艾娃盯着看，看着看着落泪了。这是她第二次哭。

艾娃怕阿莫看见，却发现他已经睡着，头颈还保持扭向一侧的姿势，脸颊上挂着一条牛奶残汁。她心里一松，一股更大的空虚席卷了她。

河面渐宽渐清，夕阳的斜照使它产生鱼鳞样的金光。艾娃看见十岁的自己佩着金色光环畅游其中，那是她一生最辉煌自由的时刻。

垃圾车蓦地急转，艾娃几乎摔飞出去，阿莫被颠醒了。这是一条干净而狭窄的甬道，一边拉着铁丝网，一边是座光秃秃的小土丘。车速减慢，阿莫抱起艾娃，挂在车边，艾娃双脚慢慢着地，阿莫一松手，艾娃站到地上。阿莫轻轻一跃，也下了车，拉着她往小土丘上跑。丘上有条浅浅的人脚踏出的路，阿莫托起艾娃，顺路而上。脚底有些打滑，土尘不断往下掉。

没几步就到顶了。阿莫放下艾娃。艾娃木然注视远方，阿莫勘察该从哪边下。在土丘对面，是艾娃见过的最大的垃圾场。由于离得远，垃圾们成为五颜六色的点块。八九个工人正在一个角上铺黄土。风吹来时，臭味闷闷淡淡的，艾娃闻出夹杂其间的海的气息，浑身一个激灵。

这当口儿，阿莫看好了地形。山丘另一侧是厚厚的草皮，边上有条石阶小路。他们顺石阶而下，艾娃被遥远的海风吹得不知所措。草皮上几个修剪出来的字，由于草儿生长随性，字迹有些模糊了。他们匆匆瞄了一眼，并不识得。

那是"美人鱼卫生填埋场"。自艾娃出名后，沿河的村子改名为"美人鱼村"，村长觉得这能带来吉利。但在电视台采访之后，这个村迅速被人遗忘了，再加今年收成不好，村长正考虑把名字改回去。不过造在村边上的垃圾填埋场，已由原先的"南村填埋场"一跃成为"美人鱼填埋场"。这儿倒是蒸蒸日上，城里的垃圾加速增长，短短半年就叠了三层垃圾，盖了两次黄土。

阿莫和艾娃执手而下。在土丘背面，垃圾的味道淡了，海的味道浓了，阿莫也嗅出端倪，兴奋得手舞足蹈。艾娃已经适应走路，下坡时仅仅脚后跟被压得有点疼。她的脸部皮肤显出正常人的浅黄，阿莫注视她，觉得这是另一个艾娃。

他脱下上衣给她穿，又将海洋馆带出的薄被撕开，拿掉被芯，把被套围搭在她腰间。他们拣荒僻处走。现在的艾娃不太会被认出来了。自己走一段，再由阿莫背一段。一位过路大妈给了这对衣不蔽体的男女一袋淡馒头。阿莫舍不得吃，艾娃又吃不下。阿莫将馒头在掌心里碾碎，用手势教她咀嚼。艾娃慢慢启动牙齿。这副被遗忘多时、几乎退化的器官又开始活跃。食物在口中磨成小块，被唾液润得软软的。艾娃有种奇异的感觉，仿佛人类的进食方式激活了她身体里的另一些部分。

海风的味道松一阵紧一阵。艾娃突然烦躁，推开阿莫的食物。阿莫默默捡起来。艾娃虚弱地喘了一会儿气，终于平静。阿莫背起她继续前行。

走走歇歇，馒头很快吃光了。两人感到越来越有力，腥臭的潮气像兴奋剂。海就在不远处了。

水泥路慢慢变成石子路，石子路慢慢变成砂石路，接着就是沙地。偶尔三两个打赤脚的人，卷着裤管、光着上身，一身古铜色皮肤。但多数时候，路上碰不到什么人。艾娃估计这是片荒滩，适才的渔人只是借道而已。

转过一个岔口，沙滩突然出现在两个毫无准备的人面前。单调扎眼的颜色一片连着一片，近处是浅灰，远处海水舔湿的地方渐变为深灰。艾娃失望地发现，土黄的海水毫无生气，只那么一波一波在平缓的滩坡上懒洋洋爬，连一块贝壳或一只小沙蟹也看不到。

阿莫雀跃着,"咿呀"着,迎着浪头跑去,脚被深秋的海水浸湿了,就纵身一跳,做个龇牙咧嘴的表情。他以为艾娃会被逗笑,谁知她兀自出神。

她听到一个奇怪的声音,时急时缓,似病老头在喘气,不,是唱歌,即使在最虚弱处,仍然气息不绝。艾娃埋在沙里的腿脚不停打颤,她努力镇静自己,朝着声音走去。阿莫紧紧跟随。

艾娃回头说:"你别过来。"

事实上,她只是动了动嘴,擦出些气流声。阿莫瞪大他的那只好眼,另一只瞎眼也吃惊地抖了抖睫毛。

"你别过来。"艾娃又说。

这回声音更大了,但依然口齿含混。阿莫不知道艾娃能说话,半晌缓过神来。他从表情上明白了意思,咧咧嘴,后退半步。艾娃听见身体里一股微小的撕裂,她转身继续向前。

艾娃走到看不见阿莫的地方。海水鬼鬼祟祟往后退,脚下的沙子软了又变硬,艾娃的小腿几乎全部陷入僵沙,不得不费力拔出来,再迈下一步。这道半死不活的海滩似乎没有尽头。当大腿也快完全陷落时,艾娃终于看到声音的来源。

那是一条十来米长的小须鲸,三角形脑袋,镰刀状背鳍,胸鳍处两条长长的白色带。它狭窄尖锐的吻部半埋在沙滩里,嘴巴张翕处有沙粒飞溅起来。一个浪头打在它不停拍击的尾巴上,水花被激得老高。

艾娃向小须鲸走去。她感觉自己正被卷进一个巨大的旋涡。顺着旋涡往里转，鲸鱼流线型的身形就看不见了，只有一道光滑黏稠的黑幕在面前扭摆。渐渐幕布也消失了，剩下抽象的颜色，铺天盖地的黑暗像空气那样包围她。艾娃知道，她来到了旋涡的中心。

那是鲸的嘴。沙和海水交替着倾倒过来，绝望的鲸叫声挤爆她的耳廓、撕裂她的耳膜。上颚边细小的鲸须沾满沙子，须内侧发状的刚毛们互相勾结，随鲸嘴的开阖而摇晃。艾娃几乎是跪在沙里爬过去的。她看清了鲸的眼，那只碗口大小的半透明球体正对住她；她还看清了灰黑皮肤上点点细小的白斑纹，它们使鲸的身体富有张力。

但这一切很快从视野中消失。当艾娃爬到巨大的鲸嘴边时，那嘴正好张开，咸湿气风一样刮过来，似人血的味道。隆起的喉部一览无余，上面满是深沟和皱褶。她积蓄起所有的力量，纵身一跃。

在闭眼的瞬间，艾娃觉得温暖。她看见金色的海面托举着自己。阳光笼罩住她。

写于 2003 年 11 月 3 日

阳台上

空气里有股烂纸头的味道。一只死老鼠，被车轮碾成一摊浅灰的皮，粘在路中央。雨水将垃圾从各个角落冲出，堆在下水道口的格挡上。塑料袋、包装纸、梧桐叶、一次性饭盒，湿淋淋泛着晨光。

人字拖吱咯作响。张英雄每走一步，脚底和鞋面之间，都会微微打滑。他拐了个弯，一眼看到陆珊珊。她正靠着煎饼摊，捏着透明塑封袋，一角二角地数纸币。那股子神情，仿佛在数百元大钞。张英雄伸手进裤兜，摸到那把折叠刀。他走到陆珊珊身后半米处，假装看摊主撒芝麻。摊主高扬芝麻罐，抖骰子似的抖着。白芝麻撒向葱花半焦的饼面。

陆珊珊抻着脖子吃饼。饼屑窸窣掉落。她不停抹嘴巴、掸衣服。张英雄紧跟着她,穿过马路,在弄底铁门前停住。陆珊珊推推铁门,推不开,索性站定,一心一意吃饼。张英雄佯作拍苍蝇,左抓一下,右拂一下,看清四下无人。他按住兜内的折叠刀,比了比形状,隔着裤腿将它往上蹭。他向她走去。

人人都说,张英雄长得斯文。张肃清说:"斯文个屁,绣花枕头一包草。"他在门口搭起小方桌,一盆红烧肉,三瓶二锅头,命儿子坐陪。张英雄一浅底白酒下肚,脸就红了。

"没用的东西,"张肃清捏紧拳头,横出手臂,"来,见识见识。"

张英雄伸一根指头,在那臂上戳点。

"怎么样?"张肃清问。

"硬得像石头。"张英雄答。

"就凭这身肌肉,走遍天下无人欺。"

酒酣后,张肃清绕到张英雄背后,叉住他的胳肢窝,将整个人甩起来,仿佛他还是个儿童。有时喝着喝着,却不痛快了,提拎过张英雄,啪啪啪啪,一顿耳光,打得他眼镜飞落。张英雄跑得远远的,蹲地找眼镜,假装找不着。这时,张肃清忘记发火,举杯高喊:"儿子嗳,过来吃肉!"

封秀娟劝他少吃肉。张肃清说:"谁敢说吃肉不健康。老毛一辈子吃肉,活到八十多。我比不得,就活七十吧。"

肉要挑肥腻的,酱油调汁,熬到稠稠入味。再配一盆糖醋黄鱼。野猫闻了香,疯头疯脑叫唤,跳上窗槛,呲啦呲啦,抓扒窗栅栏。张肃清用筷子沾了鱼腥,逗引野猫,筷尖戳着猫眼睛:"没用的东西,不帮我抓老鼠。"那口气,像在教训另一个儿子。

张家老宅,曾爷爷辈就住上了。下水道钻老鼠,壮滚滚、懒洋洋,竟不怕人。刚出窝的小老鼠,沿着墙根,走走停停,乍看像一团团被风吹送的绒毛。蚂蚁成群,水泥地黏潮,家具背面爬满蓝霉。张英雄常被骤雨惊醒,雨水渗透天花板,滴在他脸上,也叮咚滴在桌上隔夜菜碗里。

张肃清说:"张英雄,没用的东西,也不帮老子买套新房子。"

邻里几十户双层老宅,像一片盆地,包围在高楼之间。张英雄常跑到高楼上,俯窥自己的家。蒙蒙一片瓦顶,电线上晾着腊肉、短裤、抹布。墨绿PVC波浪瓦雨棚,风吹日晒成灰色,残着边角。棚底是空调外挂机和红油漆刷的办证小广告。一块白底黑字招牌,印着"老俞理发",那是张家隔壁邻居。老俞理的发,鬓角毛刺刺,他将张英雄从方凳上推起,笑呵呵道:"小伙子,不收你钱了吧?"张英雄掏出一张十元。老俞略作推辞,收下。

老俞二女婿,区旅游局科长。张肃清道:"老俞,啥时让咱沾光,也去旅游旅游。我想去美国。"

老俞笑眯眯道:"他不管美国,只管我们区。"

"我们区有啥可旅游的,来参观这堆破房子吗?"

老俞笑着,在腿上哗哗甩着毛巾。那是他的洗脚巾,给客人用作剃头布。

去年十二月,忽闻风声,说要动迁。先是三五人议论,接着所有人议论。男的女的,拢着手,缩着脖,在檐下喊喊测测:有说香港大老板花三个亿买了这地,有说不是三亿,是十亿。

张肃清喉咙被风灌毛了,进屋躺到床上,和封秀娟扯闲话。张肃清想在宝山买新房,最好地铁沿线。封秀娟说:"你下岗,我退休,要地铁干吗。我做钟点工,骑骑自行车就行了。"

张肃清说:"儿子嗳,你想买啥样的房?"

连问两遍,张英雄慢吞吞道:"有抽水马桶就行。"

张肃清道:"没用的东西,就这点出息。"

又和老婆絮叨,越说越兴奋,给妹妹张肃洁打电话。张肃洁道:"还是先想法多搞动迁费。捏着现金,什么样房子不能买。"张肃清挂断电话,让妹妹打过来。又商量一个多小时。

张肃清睁眼到破晓,赶去派出所。八点半,户籍科姗姗来人,上过厕所、泡好茶叶、理完桌面,乜斜着眼问:"什么事?"一听想迁户口,道:"你们这片早冻结了。"

"没办法了吗?真没办法了吗?"张肃清徒劳夹缠一会儿,

踱到墙角，猛搔脑袋，搔到头皮微疼，出门找便利店。走了七八家，终于买到三包软中华。回派出所，户籍警吃饭去了，等到下午两点半才来。张肃清凑到窗口，递上香烟。

"这是干吗！"户籍警望望左右同事，"收起来，收起来！"

"帮帮忙吧，同志！"

户籍警将烟往外一推，盯着电脑屏幕，再不扭头看他。张肃清颓坐到门口长椅上，瞅着进出的人，最后盯住对墙锦旗，上面写着金字："感谢张英豪同志为民除害。"张肃清心头一跳，定睛再望，是"张英豪"，不是"张英雄"，怅然靠回椅背，将烟放在大腿上，手指绞着白纱手套。

赖到下午三点，抵不住饿，出去吃了碗热汤面，慢慢踱回家。在弄口碰到张宝根，问："你家迁户口了吗？"

张宝根道："迁户来不及了，打算清空鸽子棚，放张床。"

"这是违章搭建。"

"关系搞好了，也算建筑面积的。我请你吃鸽子。"

"不要。"

"很补的，一大棚鸽子，吃不掉浪费。"

"补个屁。"

"喊，跟我较什么劲。你晓得老俞迁进多少口人？八口。"

张肃清扭头冲到老俞家，咚咚敲门。

里头问："谁呀？"

"我。"

"干吗呀?"

"你他妈有了消息,也不告诉我。你算人吗?"

"我有什么消息了?"

"你迁进那么多户口,为啥不告诉我一声?"

"我没迁户口。"

"迁了八个,还说没有。为啥不告诉我?"

"动迁是早晚的事,有消息才动手就晚了。自己不早做打算,还怪别人。"

"我怪你了吗?我恨你不给消息。"

"我说过了,我没消息。"

"你没消息,怎么可能迁户口?"

"这事得自己动脑筋判断。"

"你没消息,怎么能判断?"

门内沉默了,拒绝这种纠缠。

张肃清又一通捶门:"你给我出来,外面说话。"

"太冷了,我感冒了。"

张肃清将"老俞理发"招牌纸,愤然撕了一道口,回家去了。他吃不下饭,拆了中华烟,点上一根。"他妈的,便利店也卖假烟。"他一根一根抽起来。

封秀娟道:"假归假,也是人民币买的。这么贵也舍得抽?"

张肃清道:"一个户口几十万,能拉一卡车中华烟呢。"

封秀娟道："那可怎么办？"

张肃清道："什么怎么办，你就会问怎么办。"

抽完，闷闷上床躺着，后脑勺骤疼，一起身，手指也发麻。熬了熬，熬不住，到医院挂急诊，一查血压160。开了三百多元进口降压药。张肃清将处方单一揉："我命贱，值不起这些钱。"

过完春节，拆迁小组派人挨户谈话。一个叫钱丽的女孩，头戴黑白夹花腈纶帽，露着半截僵红耳朵。她每晚七点来敲门。据说，这片房子拆后，将建公共绿地。"以你们的情况，"她哗哗翻资料，"可以拿三十五万！"

"打发叫花子啊。"张肃清一拍桌子。钱丽下意识地胳膊一挡，身体后仰。封秀娟按下张肃清的手。

"你们考虑考虑，我明天再来。"

第二晚七点，她又来敲门。张肃清不许张英雄开门。钱丽脆生生地喊："叔叔，开开门吧，求你了，帮帮我的工作。"封秀娟叹着气，站起身。张肃清道："你想干什么？"封秀娟又坐下。须臾，门外没声了。张肃清道："就得这么着。"

到了开春，陆续有人搬走，留下空屋子和一堆流言。有说老俞拿到八百万，在市中心买了三室二厅，过起上等人生活。有说张宝根塞给勘测员五千块钱，鸽子棚多算了三平米。

"你吃过他的鸽子吗？"

"谁要吃他鸽子。"

"就是，蔫头蔫脑的，保不准生了瘟病。"

"我有件新衬衫，头一回洗晾，就沾了鸽子屎。让他赔钱，还跟我吵。早知道告他去，养鸽子、乱搭棚，都是违法的。可怜最后倒霉的，却是我们遵纪守法的好人。"

张肃清不肯错过每条小道消息。可听完以后，又吃不下饭，拼命灌白酒。他给亲戚、朋友、老同事，逐个打电话。大家都说："没路子，我们也是小老百姓，帮不了什么。"张肃清道："他妈的，我也有科长女婿就好了。"有时拎起张英雄打一顿："没用的东西，这么大年纪，还吃父母、用父母。要是有点出息，我们不至这么惨。"

一晚，张肃清醉卧着，被敲门声惊醒。"别开门。"他告诫妻儿。敲门声持续二十多分钟，时疾时缓，时轻时重，执着不渝。张肃清翻来覆去，哼地起身。

门外站着个矮瘦中年男人。"我是52-3号地块拆迁小组组长，姓陆。"他晃了一下证件。

张肃清双手一撑，占住整个门框："干什么？"

"找你谈谈。"

"深更半夜，不让人睡觉啊？"

"小钱每天来，你都不开门。人家小姑娘不容易的。"

"都出去了，家里没人。"

"所以半夜来，半夜就有人了。"

他叫陆志强，张肃清仔细察看工作证，说了几遍："我记住你了。"任凭张肃清怒吼,陆志强说话都轻轻慢慢。他将材料摊开,拿出计算器,滴答一通算:"四十五万封顶。"

"这点钱能干什么?连个卫生间都买不到。"

"我们按规章制度来。算出多少钱,就是多少钱。"

"凭啥隔壁姓俞的拿那么多钱。"

"他拿多少,你怎么知道?不要道听途说。"

张肃清放低声音道:"再多给点,行吗?算我求你。这点钱没法活呀。"

"什么叫没法活?你是上海户口,有房、有退休金、有老婆孩子,没事咪咪老酒。那些刚毕业的外地孩子,比如钱丽,父母乡下种着地,在上海举目无亲,拿着一千多块工资。你不知比她强多少。"

"我有一家子人,总得有个房啊。没房我上访去,你小心着。"

"全国十三亿人口,人人为着点小事找国家,国家哪管得了。我们有法律政策,得依法办事,这才是治国之本。"

陆志强拿出一叠"治国之本"——《拆迁补偿细则》,递给张肃清。张肃清翻了两页,随手一扔,继续厮缠,一会儿拍桌子,一会儿递水递烟。陆志强重新拿起计算器,一边算,一边将算法报出来,最后的数字是:42.742。

"钱丽说三十五万,是严格按照政策。我对得起你,把门口水斗都算进面积,还给你凑个整数。四十五万是小数目吗?

你的退休工资才多少。"

张肃清拽起计算器,狠狠盯着。陆志强双手托在下方,以防他突然摔砸。张肃清放下计算器,转身躺回床上。封秀娟也躺回床上。张英雄从被窝里转过脑袋,觑着陆志强。从张英雄的角度看,他像一名阅卷老师,提笔锁眉,在考量是否要给不及格。终于,他在纸上划了一杠,收好东西走了。

翌日,张肃清早醒,在床边怔怔坐着,喊:"封秀娟,拿只热水袋,我胃疼。"

"让你喝白酒,胃疼了吧,这可怎么办?"封秀娟冲了热水袋,给张肃清焐着。

俄顷,张肃清道:"难受,再睡会儿。"

一睡睡到傍晚五点。封秀娟在烧菜,忽听张肃清喊:"不行了,不行了!"丢了铲子,过去一瞧,张肃清扯着领口,大声喘气。封秀娟帮他捋胸,捋了几下,说:"我去打电话叫救护车。"等待救护车的时候,封秀娟又是按摩,又是抚慰,最后搂住张肃清脑袋。她想起二十二年前,她羊水破了,在去医院的三轮车上,张肃清也这么搂着她。封秀娟摸摸丈夫的脸,他柔软的皮肉上,有硬磕磕的胡子。她又摸摸他头发,他花白的头发,像被风拂过的草,顺着她的手势低伏。张肃清在她怀里突然平静了。

张肃清心肌梗塞去世后,封秀娟在拆迁协议书上签了字。

他们暂住舅舅封宝钢家。她对张英雄说:"记住咱们的仇人,陆志强。"

张英雄睡不着,想起陆志强。陆志强眼睛一单一双。说话的时候,单眼皮那只不断跳动。他穿蓝灰菱形格羊毛衫。他从袖管伸出的手,白白小小,跟女人似的。

封秀娟让张英雄出去找工作。张英雄说:"妈,你不了解世道。大学生满地跑,名校毕业都找不到工作,何况我这种中专生。"

封秀娟道:"给你报过夜大学、英语班,读出来了吗?不是读书的料,更该吃苦耐劳。"

"妈,现在不兴吃苦耐劳。再怎么苦,也买不起房,讨不到老婆。"

"猪一样的混账话,故意让我伤心吗?"

张英雄受不了母亲泪光点点的样子,别过脑袋,"哦"了一声。翌日七点,他被封秀娟催醒,吃过泡饭,穿上白衬衫和人造革皮鞋,出门去找工作。透明的阳光,被晨风吹洒,落在行人身上。行人拎着包,嚼着早饭,皱着眉头,往前冲赶。他们不知道自己金光闪闪的美丽。

张英雄在网吧厮混到中午,在小店吃过面,决定去老房子看看。临时搭在弄口的拆迁小组办公室已经撤走。红底白字的标语横幅,还残挂在电线杆之间,"以通情达理为荣,以胡搅蛮缠为耻。"周围的高楼,默默包围着一堆废墟。麻绳、布片、棉絮、碎砖、水泥残板、五星红旗……杂草从缝隙里钻出来，营养不良地枯黄着。有人支起竹竿，在砖瓦堆上晾衣服。一个长发男人，跪在一截破折的木窗框前，用镜头硕长的相机，搞着摄影艺术。

张英雄抹掉眼泪，去网吧打游戏。他玩《传奇》，不停打怪，却升级缓慢。一个没钱买聚灵珠、挂金刚石的人，在虚拟世界中，也注定是个小人物。张英雄又"死"了。他捏捏肩膀，转转脖子，出去找吃的。天已透黑。走着走着，又不觉饿，慢慢站住，不知该往哪里去。对街商场顶部，有块大广告牌，印着一家三口，互相挤挨着，嘴巴笑得大开，牙齿饱满得像玉米粒。年轻妈妈举着一支牙膏，旁边写着：爱家牙膏，全家都爱。

张英雄凝视那些巨齿，恍惚觉得不真实。一个疾走的胖子撞到他，骂道："神经病啊，站在路当中！"一个女孩紧跟着擦了他一下。"马上到了，你们先吃，别等我。"她耳边悬着细细的手机耳线，乍看像在自言自语。

张英雄想到给封秀娟一个音讯，一摸口袋，忘带手机。他走进便利店，看见收银机边的公用电话，又不想打，要了一包双喜烟。这时，一个声音在身后说："一瓶酸奶，帮我结账。"张英雄心里一跳，靠到边上，低头假装掏钱。陆志强瞟了他一眼，拎起湿漉漉的酸奶，走了。

"烟不要了。"张英雄跑出去，左右一张望，认准那个灰白格两用衫背影。穿过两条马路,左拐,再左拐。走进一幢老公房。张英雄盯着逐级而亮的过道窗口,膝盖窝里有根筋一抽一抽。一个腰系警棍的保安,不知从哪儿晃出来。张英雄和他对视一眼,离开了。

回到舅舅家,晚上十一点。表弟还在阳台里用功。舅妈从卫生间出来,搓着湿头发说:"等到你现在。"舅舅封宝钢说:"这么晚,有收获吗?"张英雄含混一声。封宝钢家一室一厅,表弟睡阳台,舅妈舅舅睡里间,封秀娟睡客厅沙发,张英雄在旁边打地铺。

大家都说外甥像舅舅。封宝钢细长脸,戴金丝边眼镜,他是中学政治老师。"不像,哪儿像啦。"起初,封宝钢听到说像,还这么应答。后来就当没听到,别过脸去,不看张英雄。

封秀娟压着嗓门道:"让人瞧不起了吧,到底上哪儿去了?"她掐张英雄胳膊,张英雄不觉得疼,但眼泪下来了。

封秀娟耳语道:"有点出息吧,你爸从来不哭的。到底上哪儿去了?"

"找工作去了。"

"撒谎,找到这么晚?"封秀娟举起巴掌,犹犹豫豫地,轻按在儿子脸上,"家政中介也没消息,这样下去,你舅这边房租都付不起了。"

张英雄睁大眼睛,嚅了嚅嘴。

封秀娟道:"亲兄弟,明算账,我是拎得清的人。"

里屋咳了一下,分不清是舅舅还是舅妈。封秀娟闭了口,搂过儿子,捋捋头发,捏捏耳朵,然后指着地铺。张英雄乖乖躺过去。

翌日一早,封秀娟叫醒张英雄。早饭是生煎包,封秀娟买了十二两。封宝钢说:"楼下那家买的吧?小摊小贩的,都用地沟油。你们看新闻吗,知道地沟油吗?"舅舅一家三口,吃袋装麦香小面包。他问封秀娟吃不吃,封秀娟说:"我们吃生煎。"

张英雄早饭罢,被赶出门,在街边茫然片刻,乘车去陆志强家。他坐最后一排,身体仰摊,双腿劈开,十指交叉在小腹上。车上未免太空了,是双休日吗?他想拿出手机,看看日期,却眼皮都懒得抬。公交车一颠一簸,生煎的滋味一次次返上舌根。油脂、葱花、肉汁。他心满意足,昏昏欲睡,一时竟忘了要去干吗。

到法镇路站,张英雄下车,半爿屁股和一条腿麻了。车站往北二十米,拐进一扇铁门,就是他的老家。铁门是拆迁前半月装的,一扇无法旋转的旋转门。张英雄曾见一个中年男人,连同他的自行车,卡在铁门里。等待通过的人们骂骂咧咧,争相帮抬自行车,结果使得龙头更深地扎进铁条之间。

张英雄在犹豫,是否再去看看那堆废墟。他到铁门前,停了一停,折身反向而去。走了十分钟,背上微汗,就看见陆志强的家。兵营式六层老公房,孤零零两排,插在抚安路和抚宁路之间，两条路斜斜交会。从小到大，张英雄无数次经过这里。他记得自己满腔睡意，沿抚安路慢慢走。汽车喧着喇叭，甩着一屁股尾气，一辆一辆超过去。也许那种时候，他曾和陆志强打过照面。可谁会留意呢。再往前是菜场，封秀娟常让他捎点葱和草鸡蛋。有时记得，有时就忘了。边上一溜点心摊，热烘烘的油锅香，勾得人放慢脚步。张英雄喜欢米面饼和煎饼果子。他捧着早午饭，斜过马路，来到"奥特曼网吧"。傍晚时分，手机在腰间震动不绝。是封秀娟催他晚饭。他掐了手机，付了网费，上路回家。

只有一次，张英雄注意到这两排房子。脚手架搭得太密。它们沿街的外墙面，正被刷成粉红色。其他三面为什么不刷？张英雄有点奇怪，但很快懒得去想。

此刻，张英雄站在这儿。粉红有点脏了，变成粉灰色。楼腰悬着一条标语："城市，让生活更美好。"楼旁新立着一只海宝，约两米高，举起的胳膊上，搭晾着一块疑似抹布的东西，使它看起来像个蓝色的店小二。

抚安路重铺了柏油和条石。一块黄黑条纹的施工路障斜出路边，逼得自行车绕道。没人想到挪开它。快车道隔离带新装了银色铁护栏。隔离带内的长春花、金边麦冬、大花萱草，枝叶沾染了银漆，在晨光中点点闪烁。

张英雄绕到楼房背面。每一栋都安了防盗门。昨晚，陆志强进的12号门。门牌下方，钉着两块铁牌："禁止停车""小贩与拾荒者禁止入内"。张英雄后退两步，靠在一辆私家车上。是辆黑色雪铁龙，圆头圆脑的。张英雄想在车身上划一刀，或者搞点别的破坏。他只是想了一想。一个穿翠绿冰丝练功服的大妈，腋下夹着艳红跳舞扇，从12号楼出来。张英雄蹿上去，挡住打开的楼门。

楼里一梯二户，家家安了铁门。过道散置着扫帚、拖把、自行车、敞口垃圾袋。张英雄觉得，陆志强应该住在顶楼。这样猜测没什么理由。爬到五楼时，有些气喘。张英雄停靠在墙边。想到离陆志强如此之近，不知哪处骨骼"咔啦"一响。六楼两户同属一家，铁门封在楼梯口。两户之间的过道，铺着蜂窝状红白小格马赛克，装着顶天立地的胡桃木多门壁柜。一扇柜门镶有穿衣镜，张英雄照见愣头愣脑的自己。一个穿摇粒绒睡衣的女人，打开601室的门，去往602。她发现张英雄了，锥子似的下巴狠戳过来："找谁？"

"陆……志强，陆志强在吗？"

"什么陆志强？"

"他是你邻居吗？"

"不知道什么陆志强。快滚，不然我喊人了。"女人"咣咣"摇着铁门。

张英雄飞速下楼，几次差点踩空。该死的陆志强，躲在哪个猫眼后面呢。张英雄冲出大楼，吐了口气。圆头圆脑的雪铁龙，用一侧车头灯觑着他。张英雄上前狠踢一脚，跑开了。

抚宁路上，新建了商业休闲街。街头一座塑料板搭制的凯旋门，缀满五彩小灯泡，一侧门柱镶着一杯霓虹咖啡，另一侧是霓虹高跟鞋。傍晚时分，杯口的轻烟和鞋帮的蝴蝶结，荧荧亮起来。部分店面还在装修，围板喷绘布上，印着"New World 休闲街　Opening Soon"。

张英雄没搬走时，休闲街就动工了。封秀娟说，这种地方是骗钱的，巴掌面包卖十来块，还没一块五的馒头好吃。张英雄走进一家面包店，发现有种圆面包，只卖四块五。他买了一只，小口吃起来。他不饿，只是有些渴。

在这里，一楼卖服饰，二楼三楼搞餐饮。餐饮店门口，纷纷贴着招聘启事，招传菜的、洗碗的、做饭的、接待的……张英雄走进一家"好又快"中式快餐店。装修味太浓，他咳几下，适应了。他要了杯豆浆，临窗而坐，忽然意识到，对面是一栋老公房。他探出窗外，看底楼门牌，居然真是12号。张英雄倾出窗外，脑门嗡嗡发烫。楼距约十米，扔块石头过去，就能砸到玻璃，说不准还砸破谁的头。一个服务员过来，"喂"了一声。张英雄重新坐定，端起杯子，吹了吹气。豆浆半凉了，含在舌根有点涩。

晚间十点，张英雄从网吧出来，到12号楼，一户户按楼门锁。"陆志强在吗？"

有的问"谁？"，有的"喂喂"两声，有的说"按错了"，有的没人接，有的不声不响挂断。按到302室，静了几秒，一个女声细细喊道:"爸。"

12号楼302室。张英雄躺在床上,努力回想,却想不起那家特色。有的人家倒贴"福"字,有的挂着"文明家庭",还有一家门板上,并排两只猫眼,敌视着张英雄。它们都不是302。张英雄决定不想这个,反正陆志强逃不掉。他要守在拐角,在姓陆的出楼时,给他致命一击。血柱溅出来,天都红了。张英雄站在瓢泼血雨里,壮烈而高大。不,这太痛快了,得先折磨他,像电影里折磨被捕的地下党员。你也知道哭?当初怎么求你的?你想过我们的难处吗?……张英雄辗转反侧,口干舌燥,忽听舅妈起床小便,才梦醒似的跌回现实。天迅速亮了。他被封秀娟叫起,吃过泡饭出门去。

张英雄坐在"好又快"。正对窗口那家,301还是302?他回想楼层结构,断定是陆志强家。阳台用水泥封起来,装了铝塑窗,悬着红黄彩条窗帘。一个女孩走进阳台,打开洗衣机,将衣物一件件叉晾到窗外。陆志强的灰白格两用衫,杂在裤衩和胸罩之间,摇摇晃晃。张英雄用目光射杀它。女孩关了窗,坐到桌前,绣起十字绣。她遗传了陆志强的国字脸,头发扭起在脑后,用塑料发抓夹住。

张英雄到办公室找经理,说想应聘服务生。

经理姓洛,他说:"我们不招上海人。"

"我不要加三金。以前我做过便利店,也不交三金的。"

"那得先写个条,说你自己不想加三金。"

洛经理盘问了身世、住址、学历，说："试用期八百，正式录用一千。包吃住。你是上海人，包吃不包住。"

翌日下午四点，张英雄到店，填完个人信息，押好身份证，跟着一个叫沈重的。沈重是福建人，在上海三年了，头发染成金红，小指甲留了一厘米。他在"好又快"连锁餐饮公司一年整，月前调到这家新店。

沈重教推销超值套餐："这个利润高，不推卖不掉。30%的人会听，10%会买……"有顾客进来，他就不再搭理张英雄。

张英雄看沈重收银，看女服务员配餐。女服务员姓严，手忙脚乱泼了汤，张英雄想帮忙，小严惊呼："别乱动，我自己来。"

晚上八点就没顾客了。

沈重道："姓张的，去拖地板。"

小严道："长拖把短拖把，都洗一下。很久没洗了。"

沈重道："少用点水。"

拖把头板结成块。男厕污水斗前的窗户，斜对12号楼。302室阳台里，国字脸女孩仍在十字绣。屋内家具皆八十年代式样。一个男人伏在书桌前，花白发旋秃了一片。张英雄剜着他，将拖把狠按到水斗底。木柄戳得他胸口疼痛。

九点多清洁完毕。小严闲闲倚着，摆弄指甲。沈重嘀嗒玩手机。张英雄照了照窗玻璃，吓一跳，他的腮帮凹陷如洞。

沈重道："喂，有烟吗？"

"没有。"

"愣着干吗，买去。"

张英雄下去买了包双喜。沈重道："靠，民工烟。"张英雄打开窗，十字绣女孩不见了。

十二点下班，末班车没了。张英雄呆在路边，过来一辆摩托。

"住哪儿？"头盔里声音沉闷。是沈重。

沈重与人合租，上班步行二十分钟路程。他买了辆铃木太子摩托车，借用郊区农民户口，办了沪C黄牌照。这牌照市中心不能开，他就半夜偷开。

"你真有钱，买得起摩托。"张英雄说。他从后座下来，膝盖都直不了了。

"孬种，差点夹断我的腰。"沈重喉咙哑了。刚才飙车时，他脱了头盔，"嗷嗷"狼吼。他的头发在路灯光里，像一窝迎风乱舞的红蛇。"玩摩托就得晚上，哗哗哗，跟飞似的，"沈重爱抚车头，"每晚骑一会儿。人就活这点乐子。"

"打游戏也很好玩，我喜欢打游戏。"

"没毛的小屁孩才打游戏，"沈重做个夹烟的手势，"来一根？"

张英雄摇头。

沈重掏出烟，摸摸口袋："妈的，没打火机，"他跨上车，

"记住,我喜欢抽中南海。"

第三天,张英雄正式实习。配餐看似简单,名堂不少。堂食豆浆杯盖只压两边,外带的则要扣紧。错一次,沈重骂一次。洛经理皱着眉头,阴着一脸青春痘疤。

张英雄干完活,拿一本《射雕英雄传》,躲进"小包房"。他们管靠窗最里处叫"小包房",一块银灰包边铝塑板,将这桌与其他桌隔开。

"张英雄,死在里面干吗?"

"看书。"

"装你妈的知识分子。"沈重继续与小严打情骂俏。

这是本盗版书,小学生张英雄从街道图书馆偷的。书脊翻断了,封面上的黄蓉,惨遭圆珠笔涂抹,添了一口獠牙,一头波浪发,一对大乳房。张英雄摩挲着乳房,凝视对楼。

五点多,陆志强终于出现。一身灰底浅青条纹睡衣裤,站在厨房窗前切菜。细密的铁红色栅栏,衬得他像个囚徒。他和女儿默默吃饭。他吃得快,先洗掉自己的碗,坐在靠椅上看《新闻联播》。看完新闻,翻阅报纸。翻累了,起身给女儿削苹果。女儿愣愣盯着递来的苹果。他抓起她的手,将苹果塞给她。有时睡前,他躲在厨房抽烟,烟灰弹在水斗里。他的国字脸耷拉着,发际线向后荒芜,表情像个忧国忧民的领导。

早上六点,女儿出门买早点。八点,陆志强出门上班。女儿整天待在家,绣绣花,做做家务。有时不耐烦了,玩弄自己的头发。她的头发亮闪闪、稠密密。她给自己扎辫子,扎麻花辫,扎马尾辫,又扎麻花辫。扎着扎着,伸手抚摸穿衣镜里的自己。张英雄微笑起来。他也喜欢照镜子,常对镜练习捋刘海,或将夹克衫哗地甩到肩上。他练不出那种潇洒,他是个走路东张西望的家伙,保安门卫总忍不住盯他几眼。

每逢双休日,有个年轻男人来做客。陆家女儿穿起连衣裙,头发光溜溜盘在脑后。她转动脖颈的样子,让张英雄想起天鹅。

年轻男人坐在阳台里,掏出手机和上网本,鼓囊囊的马夹袋扔在脚边。陆家女儿端来茶水、饼干、水果、瓜子。男人推开它们,仿佛被碍了手脚。陆家女儿捡起马夹袋,取出男人的内裤、衬衫、袜子。洗晾完毕,搓着湿手,走来走去,像要吸引注意。他岿然不动。她俯到电脑前。他挡开她。她凑到另一边。他阖上电脑,瞪她一眼。她坐到门边凳上。

一个月后,张英雄被正式录用。扣除三百元制服费,一百元培训费,到手实习报酬四百元。张英雄花二百五十元,买了个袖珍望远镜。镜头里的陆家女儿,脸颊多痣,鼻头小而尖。甚至书架上的书,也一清二楚。打头两本,是《民法原论》和《中国不高兴》。

"在看什么?"沈重抢走望远镜,"有美女洗澡吗?"搜了一圈,索然道,"什么好事,居然瞒着我。"

下班时分,张英雄熬不住盘问,说了。

沈重兴奋道："原来不是看美女，是看警察。"

"不是警察，是搞拆迁的。"

"反正一伙的，都不是好东西。我有次把警察打得半死，那家伙硬搜我身。想搜就搜了？不看我是谁。呸——"

张英雄擦掉脸上的唾沫星子。

"你得学我，狠一点。"沈重勾勾指头，摊开手掌。张英雄掏出香烟，一看是双喜，放回去，另掏出中南海，递一支给沈重。

"那么，我该怎么办？"张英雄问。

"揍他一顿。"

"太便宜他了。我爸都被气死了。"

"还想怎样？杀了他？"

"不是不可以。"

沈重龇着牙，一口烟喷到张英雄脸上："就凭你？小鸡似的胆量，口气这么大！"

张英雄面色凝重起来，迟疑着，将整包中南海塞到沈重手里。

沈重怂恿张英雄搬来同住。"二室一厅，朝南，有空调和淋浴器，还有DVD机。现在加上我，共住五个人。那几个都挺没劲，你也挺没劲，但人不坏。"

张英雄告诉封秀娟，他要节省路费，搬到单位附近住。房租三百，和舅舅收的一样。

"那谁给你烧饭呢？"

张英雄盯着母亲下巴的肉痣，瓮声瓮气道："你不用管。"

其余四个室友是白领，抗议张英雄入住。沈重说："会叫的狗不咬人，甭理他们。"卧室挤有三张宿舍床，张英雄睡在沈重上铺。每天清晨，他被类似芥末的味道熏醒，那是白领合用的德国发蜡。听了张英雄的抱怨，沈重将发蜡往窗外一扔："这不解决了？那些娘娘腔，用你们上海话讲，就是'瘪三'。出门人模狗样，进门鞋子一脱，袜尖上七八个洞。"

沈重和张英雄在同一班头。一周早班，一周晚班。白领此起彼伏抱怨。"三更半夜回来，吵得人神经衰弱。"沈重道："自己想女人睡不着，赖我身上！"他捶开卫生间的门，响亮地小便。

轮到上早班，清晨五六点，一屋人打仗似的抢卫生间。抢到的立即把门反锁。沈重骂骂咧咧，出去尿在过道里。白领们背后议论："什么素质，养乖的狗，都不会随地大小便。"他们担心迟到时，也会跑去别的楼层，尿在没人看见的地方。

沈重说："'英雄'是个好名字，被你糟蹋了，你该叫狗熊。"他让张英雄观赏文身。上臂外侧文个"拳"字，糊成青黑色，内侧文了动物，从额头"王"字判断，是一只虎。张英雄戳戳"虎头"，皮肉松软。他想起张肃清硬朗的"栗子肌"。

沈重说，他有很多哥们，有的发了财，有的当了老大。哥们很多的沈重，成天腻着张英雄，下馆子、逛超市、上街看美女。沈重的皮夹时鼓时瘪，但总不缺钱。一次，张英雄撞见他摆弄 Iphone，凑着看了会儿。手机里很多照片，全是一个童花头女孩。女孩鼓着腮帮，亮着 V 字手势。女孩和另一个女孩，靠着脑袋，像在比赛谁眼睛瞪得大。女孩拎 LV 包，站在恒隆广场门口。女孩盘腿坐在寿司店，微微鞠着上身。女孩平伸胳膊，仿佛等人亲吻手背，她的中指套着卡地亚戒指。

沈重快速翻动照片："妈的，世上好东西真多。"

"你女朋友？"

"不认识，"他顿了顿，补充一句，"路上捡的。"

玩了几天，Iphone 不见了，沈重请张英雄吃了顿寿司，看了场电影。

一般，他们只在家看碟。沈重让张英雄陪着，反复看古惑仔。那套 VCD 背面刮花了，不时出现马赛克，戏中人卡住不动，嘴唇噘停在一个发音上。沈重替他们背台词。他最喜欢的一句是："告诉你要做成事情的三个条件，第一是钞票，第二是钞票，第三还是钞票！"

"很多人说我像郑伊健，"沈重戴起地摊买的十元墨镜，T 恤袖管捋上肩膀，"我以前的马子，比黎姿还靓。"

"怎么不谈了？"

"玩腻了，扔了呗，"他拍拍张英雄，"以后不扔，转给你。"

一天晚班，张英雄替沈重买烟，迟到五分钟，进门见收银台前堆着人。小严声传十米："昨晚杀人啦。"整个楼面搅起来。顾客忘了买东西，挤着挨着，竖着耳朵，唯恐错过精彩。小严不停进出，收集情报："咖啡店的Julia说，被杀的是个城管。""美甲店阿芬说，被杀的是个搞拆迁的。""小冰说，昨晚一群人打一个人，她听到骨头断掉的声音，咔嚓——吓死人了。""Kevin说，没死人，重伤，送医院了。他表哥在派出所。"

洛经理说："好了好了，专心上班。"

"啊呀呀，洛经理，我长这么大，还没见过杀人呢。你见过吗？"

"我也没见过，"洛经理唬着脸，唬不住，笑起来，"杀人有什么好看。"

沈重和张英雄溜出去。街尾书报亭边，果然有摊血迹，乍看像泔水渍。沈重蹲下，赶走苍蝇："你闻闻，比狗血腥多了。"

张英雄后退半步，假装观赏过路女孩。

沈重道："会不会是你仇家？"

"没那么巧。"

"是没那么巧，你还有机会。看了那么多古惑仔，胆量练出来没有？"

整整一天，张英雄想着那血，和粘在血上的苍蝇。他有点恶心，像被逼生吞了肥肉，卡在喉咙口，上下不得。他躲进

"小包房"出神。

陆志强没有按时回家。女儿坐在阳台里,捧着饼干听,渐渐停住咀嚼,任由腮帮子鼓着。望远镜头中,她近在咫尺,仿佛张英雄一伸手,就能够到她。

八点多,陆志强回了。拿走饼干听,将一只肉松面包放到桌上,自己倚着阳台门,啃一只圆面包。女儿不看面包。陆志强又过来,将肉松面包搁在她手背。她仍不看。陆志强放下圆面包,抚她的头发,一绺一绺,最后停在她的后脑勺。女儿依然注视前方,手却灵活地拿起肉松面包。她每咬一口,脑袋都借势后仰一下,仿佛费了很大劲。陆志强搂住她。他整个人是灰的,她却白里透红。白里透红的面颊上,慢慢淌下眼泪。

张英雄收起望远镜。整个晚上,他不停思念她嚼着面包流着眼泪的样子。不知为什么,这使他想起封秀娟。他给封秀娟打电话,始终关机。陆家阳台窗帘拉上了,灯还亮着。沈重使唤他洗抹布时,他恶声恶气道:"等等,没见我在拖地吗?"他吓了自己一跳。

沈重笑道:"算你有胆,敢顶撞我了。"

下班时,张英雄对沈重说:"你去玩车吧,我要去看妈妈。"

"你脑子进屎啦,都快一点钟了。"

"我要回去看妈妈。"

沈重盯着他。过了会儿,说:"好吧,上车。"

舅妈开的门，蓬着头，怒视张英雄，招呼也不打，扭头往里走。

俄顷，封秀娟出来，慌道："出什么事啦？"

"没什么事，就来看看你。"

"啥时候不能看，深更半夜的。"封秀娟瞧着儿子，眼睛亮亮的。

张英雄拉起妈妈的手，放到自己脑袋上。封秀娟轻抚起来。屋里有脚步声，她缩回了手。

"乖宝贝，今晚睡这儿吗？"

"不了，朋友在楼下等。"

"一个人住得惯吗？"

"嗯。"

"吃得好吗？"

"嗯。"

舅舅过来了："别站在门口，邻居以为什么事呢。"

"我走了。"张英雄说。

"真不睡这儿？好吧……跟舅舅说再见。"

"舅舅再见。"

舅舅没有应声，一手扶着门，随时准备关上。张英雄挥挥手。封秀娟和封宝钢并排站着，他们一样的长脸，一样地皱着眉。封宝钢拨了一下门，封秀娟的脸消失在门后。

张英雄躲在楼梯上，等待哭泣停止。手机响了。他捂了捂眼睛，慢慢走出去。

沈重靠着摩托车，T恤撩到胸口，手里捏着手机，搁在松垮垮的肚子上。"这么长时间，死在里面啦？怎么哭成这样？"

张英雄吸了吸鼻子："我妈……"

"别妈妈长，妈妈短的，你要回去吃奶啊。"

"你不想你妈吗？"

"我妈死了，我高兴都来不及。"沈重恶声恶气道。

"我爸也死了。"

"笨蛋，我妈没死，我当她死了。"

"为什么呀？"

"那个臭婊子，要是有点当妈的样儿，我也不会这样。难道我天生想做坏蛋、废物、人渣？谁不想做好人啊？"

张英雄摸摸脸，眼泪止住了，泪痕崩得皮肤发紧。

"我是个人渣，"沈重顿了顿，"我是个人渣，你承认吧。"

张英雄犹豫道："哦。"又即刻摇摇头。

沈重挑挑眉毛，手机塞回兜里，手掌"啪啪"敲击摩托座。

张英雄赶紧说："我的意思是，其实你人挺不错。"

"哦，哪儿不错？"

"大方，讲义气……还有……嗯……"

"行了。"沈重挥挥手，做个夹烟姿势。

张英雄掏出一支中南海，一支双喜烟。

沈重道："别装了，在乎这点吗？"

张英雄换了一支中南海，一人一支，和沈重抽起来。

月光下，烟雾丝缕交错。无风的一刻，它们似乎静止，既不上升，也不下降。沈重和张英雄，默默注视对方吐出的烟。

"没事吧……大哥。"张英雄说。

"能有什么事，"沈重扔了烟头，跨上摩托，"你今天看起来像个小傻逼。"

张英雄也扔掉烟头，默默坐到后座。半路，他摘了头盔。夜风刮着他的耳朵，封着他的鼻孔，还将他的睫毛吹立起来，贴住上眼睑。沈重在嗷嗷怪叫，像哭，又像唱歌。他们沿着空旷的马路，超过洒水车，超过泥头车，超过鬼鬼祟祟的夜行人。路灯光拉远了每样物体的距离。张英雄闭起眼。那一刻，他感觉灵魂出窍。

"一定要报仇吗？"张英雄问沈重，"我爸已经死了，报仇又能怎样。"

"就知道拖着拖着，你会打退堂鼓。别啰嗦了，休息天练手去。"

练手，指的偷东西。

张英雄问："怎么练？开水里捞硬币吗？"

沈重道："你电影看多了吧，哪用那么搞，上街实练就好。我还是无师自通的。"

"先得学会看，谁有钱，谁没钱。钱放在什么部位，"沈重说,"第一次,别找有钱的。找普普通通、看起来迟钝的,最好是外地人。万一失手,不会有麻烦。"沈重不喜欢用刀片。"人多的地方,总有几个'白给'的,咱们小打小闹,别太复杂了。"

沈重替张英雄选目标。一个四十来岁的女人,斜挎尼龙包,怀抱一个小男孩。男孩挂着鼻涕水,不断扭动身体,似被抱得不舒服。女人在橱窗前停下。塑脂模特儿浑身蕾丝,假发歪斜了,没有五官的面孔,微微侧向窗外。沈重揉着张英雄:"上。"

张英雄道:"你确定钱在她包里?"

"笨蛋,你看她外衣哪有口袋。"

这时,女人走开,在另一橱窗前停住。她的鼻头扁扁贴住玻璃。男孩从母亲肩上瞅着张英雄,张英雄一眨不眨回视。小男孩转过脸去。沈重狠掐张英雄胳膊。张英雄靠到女人背后,闻到她铁锈般的汗味。他捏住尼龙包拉链头,抬脸假装看橱窗。拉链紧涩,尼龙包轻轻扯动。张英雄听到沈重在哼歌:"亲爱的,你慢慢飞,小心前面带刺的玫瑰……"歌声似乎越来越响,盖过其他喧哗,震得张英雄脑袋隆隆。女人掂了掂孩子,重心换个脚。沈重又掐张英雄。张英雄在裤管上擦擦手汗,屏住呼吸,将拉链一拉到底。

忽地,女人又走起来。张英雄褪出手,对沈重道:"要不算了吧。"沈重沉住脸。张英雄默默跟上。女人经过食品店,男孩嗯嗯哭起来。女人哄了哄,又假装生气。男孩软硬不吃。

女人折回食品店，排到买鲜肉月饼的队伍里。男孩立即收住哭泣。张英雄和沈重挨到她身后。沈重使了个眼色。张英雄到女人包内掏摸。一瓶风油精、一块黏糊糊的手帕、一张叠成小块的报纸。有个巴掌大小、半软不硬的东西，应该就是钱包。张英雄的手被报纸硌到。女人蓦然回头，目光烫了张英雄一下。她想低头看自己的包，沈重突然往前挤，边挤边嚷："慢死啦，还要排多久。"女人稀里糊涂地，被推压到前排身上。前排老太回过头，怒道："干吗呀！有点素质好不好！外地人！"不停掸拍被女人碰到的衣服。沈重拉拉张英雄，快步离开。

他们在麦当劳要了两份套餐。张英雄一气吸掉大半杯可乐。方头方脑的塑料钱包里，一张身份证、一百五十四元八角钱、三张从上海到安徽安庆的火车票，发车时间是四小时以后。女人的身份证照片，比真人苍老，头发油油反光，伏软在头皮上。眼睛瞪得一大一小，像是刚发了个问，尚未得到答案。她的家庭地址是安徽岳西，她和封秀娟同名，叫王秀娟。

"这票要是明后天的，还能放网上卖掉。"沈重将车票撕成一条条。

张英雄捡起一条，捻在指间。"我们为啥偷她？"

"她适合用来练手呗。"

"偷她的钱，和报复陆志强没关系……"

"偷东西有胆了，打人就有胆了。做坏事是两只手，一条胆，"沈重笑起来，"教人学坏，真他妈有意思。"

张英雄将身份证正反地看:"我还是觉得,偷她不太好。"

"靠,还没完了。钱是小钱,但也是钱。这顿麦当劳六十多块,你付啊!"

张英雄将吸管捣来捣去,冰块在纸杯底"咔咔"作响。沈重夺过身份证,塞进兜里:"把这卖了,还能吃几顿麦当劳。"

晚餐时分,座位满员。一个胖男人捧着托盘等在旁边。沈重故意细嚼慢咽。薯条冷却变软了。男人招呼女儿:"过来,这桌快结束了,"低头问沈重,"你们吃好了?"

沈重舔着指肚上的盐粒。张英雄继续吮吸管,发出空洞的"滋滋"声。男人打量形势,另找桌子去了。

这时,沈重笑起来:"张狗熊,你知道吗,我搞过小严了。"

小严身板窄小,脑袋圆润。下班时,她套上紧身T恤和牛仔裤,远看像一根棒棒糖。她管自己叫Lily,还让同事这么叫,甚至向洛经理建议:"我觉得每人都该取个英文名,我们企业文化就提升了。"洛经理冷冷驳回:"我们是卖豆浆的,不是卖咖啡的。"

"Lily是百合的意思。"她的手机屏保,就是一朵百合花,手机壳上粘满大头贴和水钻,有几次掉了钻,让张英雄满地帮着找。

"瞧那副假纯样儿,以为是个处呢,"沈重说,"这年头,破处得去幼儿园。"

小严喜欢从后面来,她的臀沟有粒痣,这种女人,骨子里骚得很。张英雄听着听着,停止捣弄吸管。

沈重观察他的表情,坏笑道:"你怎么了?"

张英雄平了平情绪,道:"没怎么。"

"现在说说你。有天半夜睡着觉,突然叫唤起来,像女人那样叫唤。"

"我吗?不可能。"

"靠,怎么不可能。就一星期前。梦里爽过了,醒来不记得,不是白爽吗。"

张英雄摇头。

"你搞过几个女人?"

张英雄继续摇头。

"妈的,不会是个雏吧。"沈重戳张英雄胸脯,戳得他肋骨作痛。

"趁年轻多搞搞,老了搞不动……对了,搞姓陆的女儿吧。打她老子,嫌拳头疼,搞他女儿,你还自己舒服了。"

张英雄见过陆家女儿裸体。那天的雨,下得黏糊糊。她脱去睡裙,走到床边,穿起外出衣物。这个过程极其漫长,张英雄脑袋"滴滴答答"响个不停,仿佛雨下在他的身体里。她腰长,臀扁,三角裤卡在髋骨上。当他回忆到她的乳房,"滴答"声又出现了。那对乳房不同于色情图片。挺拔,却嫩小,伴随她的动作,矜持地微颤。换上衣服后,她才意识到下雨。站在阳台里，双手扒着玻璃。那一刻，张英雄以为她发现自己了。她却转过脸，望着空气的某个点。她的身体藏在碎花连衣裙里，脖颈从花边累赘的领口伸出，悄无声息地转动。雨珠越来越大，扑向玻璃，一条条淌下。她显得影影绰绰，像个言情剧人物。

一个休息天，沈重不知去向。张英雄独逛 New World 商业休闲街。他买了双仿耐克运动袜。走进店时，只想随便看看。圆眼睛的推销员说："这款式很运动的，你小腿这么好看，不买可惜了，"又说，"穿在脚上，谁看得出真假呢。"张英雄低头瞅瞅小腿，犹豫一下，就掏钱了。

他拆掉包装，将袜子塞进裤兜，打算去网吧，一眼撞见陆家女儿。她正迎面穿过一群花花绿绿的女孩。那可能是些模特，或者拉拉队员。其中几个回头看了看她。她穿土黄格纹老式衬衫，黑色直筒裤，裤管长过鞋帮，使她走路一步一绊。她进入一家服装店。两个超短裙店员，在隔着衣架子说话。陆家女儿拎起一件 T 恤。店员过来道："这件三百。"陆家女儿又拎起一件。大家不闲聊了，都盯住她。店员夺回 T 恤问："买吗？"陆家女儿保持捏衣服的姿势。片刻，她垂下手，低着头，一步一绊走出去。"一看就是神经病，"店员回头问张英雄，"你买什么？"张英雄道："你才神经病。"

陆家女儿走到下一家店，在门口犹豫一下。她一路犹豫着，走到街尾，进入便利店，买了一根棒棒糖。十块减去二块八,是八块二,还是七块二?收银老伯指着POS机顾客显示屏,让她看零额。她似懂非懂看着。她身上有股樟脑丸的味道。"没错,是七块二。"张英雄插嘴道。陆家女儿瞥他一眼,收起找零。张英雄要了一包烟,跟出去。"喂。"他喊。陆家女儿继续向前。张英雄拍她肩膀。她扭过头。

"你……你爸叫陆志强?"

她想了想,恍然大悟似的,猛力点头。

"我是陆志强的朋友。你叫什么?"

"陆珊珊。"

"那么……你男朋友叫什么?"

陆珊珊吮着棒棒糖,舌头一卷一伸。

"男朋友,就是星期天来你家玩的。"

陆珊珊缩起脖颈,扑哧一笑,仿佛不好意思。

张英雄想说:跟我去玩吧,或者,我带你到个好地方。他说不出口。眼看陆珊珊转身而去。她衬衫末粒纽扣脱开了,下摆猎猎飘扬。

接着的一周,天气发了疯。绵雨、骤晴、又雨、阴霾。沈重说:"老天爷更年期了吗?姓洛的也跟着更年期。"洛经理锁着脸,背着手,在店里转悠,忽地发现死角,刮捻一番,就近逮个人,将手指戳到他面前:"看看,积了十年灰吧。"

员工排成一排,站到门口听他训话:"我说过多少遍了,工作要认真负责、重视细节。你们这帮懒骨头。"

沈重悄悄道:"客人这么少,干净给谁看啊。以为当家做主人了?其实也是个打工的。"

洛经理有点怵沈重,骂张英雄最多。骂到激动,手臂哗哗挥舞。沈重疏远了张英雄。一个清早,张英雄撞见他和小严,手拉手走出影院。小严戴好头盔,坐上摩托,牢牢附住沈重,仿佛她是从他背上长出来的。他们没有看见他。

张英雄合租的住处,对楼也是老公房。那儿的302室,住着一对小夫妻,他们在阳台里养了条灰毛土狗,狗脑袋挤在阳台围栏间,木呆呆往外瞅着。小夫妻居家,吃薯片、打游戏。张英雄很快感到无聊,收起望远镜,躲到上铺。他一遍一遍,回忆陆珊珊的身体。他仿佛熟悉她很久了。如果他吐露烦恼,她也许会微笑着,抚摸他的头发。

一个星期六,才来了十几单午餐客。洛经理不停责骂张英雄。桌子没摆正,抹布太脏了。

沈重插嘴道:"抹布嘛,本来就是脏的。"

洛经理道:"脏抹布能把桌子擦干净吗?"

"多擦擦就干净了。"

"沈重啊沈重,瞧你流里流气的,总部怎会看中你。"

沈重正想顶嘴,那男人进来了,带着个雀斑脸女人。张英雄连看几眼,想起他是谁了。

这对男女走进"小包房"。女人拎包一摔,气鼓鼓坐下。

"什么意思啊,宋放!"她说。

"轻些。"宋放说。

"我不怕,这里没人。你说,你到底什么意思。"

"我已经解释了……"

小严过来,菜单往桌上一扔,懒洋洋问:"吃什么?"

宋放点了一杯牛奶,女人点了柠檬茶和香草冰激凌。沈重坐到附近玩手机。张英雄注意到,他将手机按键调成了静音。

"我就不明白了,"女人说,"非得跟那个弱智结婚。"

"假结婚而已。"

"假结婚也是结婚。"

"陆老头买了两套老房子。他有内部消息,等着拆迁呢。拆了就是数钱了。"

"数的也不是你的钱。"

"都结婚了,还不是我的钱?那丫头很好搞定。"

"这么说,你把自己卖了?"

"卖给谁去呀。我一穷二白漂在上海,只有你要我。"

"我比不上一个弱智。"

"瑶瑶,你来真的吗?我没房没车,你肯嫁给我?"

女人不响了。

"所以,"宋放哼了一声,"别说我不要你。你有大老板,给你买 Gucci。"

女人将拎包放在腿上,双臂前倾护住:"这是我自己买的,超 A 货。"

"别蒙了，你……"宋放戛然打住，转而笑道，"我的意思是，不管真包假包，你背都好看。"

沈重突然咳了一声。"小包房"里的男女，停了一停。

"这叫曲线救国，"宋放用自以为压低了的声音说，"以后有房子了，我们就真正在一起。"

"可她是个弱智，弱智，弱智。"

张英雄用抹布擦擦手，拦住小严，五根手指撮起，依次浸到托盘的两份饮料里。小严和沈重不出声地坏笑。

这对男女喝着污染了的牛奶和柠檬茶，又聊片刻。女人问宋放回哪里。宋放说："回弱智那里。"他们走出去。宋放拉女人的手。女人甩开。他又拉。她被他拉住了。

沈重道："靠，一对傻逼，演电视剧啊。"

张英雄跑进"小包房"。对楼阳台空着。陆珊珊去哪儿了？不知怎的，他想起她吃东西的样子，虎牙小口啃啮着，像一只鼹鼠。

张英雄向洛经理请假，说身体不适，他确实有点胸闷。"又想偷懒？"洛经理观察他的面色，"好吧，不舒服就去躺着，多喝水。"

张英雄到便利店，买了折叠刀，蹲在12号楼门口。折叠刀二十公分长，暗红外壳。张英雄将刀尖扎在鞋面，脚趾隐隐作痛。他转了转刀尖，体会这疼痛。胃里搅作一团，仿佛吸入的香烟，在腹腔内缭绕不散。

八点多，宋放出楼了。衬衫、西裤、皮鞋，提着公文包，头发齐整地闪着光。他像个卖不出房产的中介。张英雄跟上去，踩住他的影子。影子反复拉长缩短。走到路灯之间时，他拥有一前一后两条影子。他停在站牌下。后脑勺扁平，头发蹭在领口上。狗日的白领，张英雄学着沈重，暗中咒骂。公交车来得太快。张英雄捏紧折叠刀，在宋放上车的瞬间，用刀壳刺他的背。车门关闭，宋放回过脸。张英雄看不清表情。他的眼睛反着黄光，像狼一样。

张英雄在网吧消磨到后半夜三点，刚回屋躺下，接到封秀娟电话："当初动迁，说要建绿地，现在却盖楼了。盖楼和建绿地，拆迁费不一样，我们本来有钱买房的……"张英雄听见母亲喘气，听了几声，意识到她在哭。他晕晕乎乎，挂断电话，睡到六点半，被室友进出漱洗声吵醒，想着封秀娟的话，渐渐清醒了，拨回去，却一直"不在服务区"。他抹了把脸，出门去。

老屋的废墟上，立着一幢新楼，裹着脚手架和绿色安全网。它比旁边的楼都高，安了个清真寺式的圆顶，涂成血红色。那顶似在变大。张英雄瞪着它，它真的在变大。怎么回事呢？我在哪儿呢？他想了想张肃清，居然记不清他的长相。又想了想陆珊珊。哦，她只是个弱智。他重新清醒时，发现自己站在一家彩印店前。门口站着个纸人，剪成真人大小，蓝制服，红丝巾，托举着一只墨盒。她脸蛋圆润，头发盘起，让张英雄想起陆珊珊。其实她们一点不像。张英雄掏出折叠刀，捅了一下。纸人轻晃。张英雄又捅。店里有人出来。张英雄转身离开，察觉路人眼神异样，一低头，手里仍提着刀。

他坐在路边花坛背阴处，不知多久，手机响了。

"你妈病了。"

"你谁呀？"张英雄怯怯地问。

"封宝钢。"

张英雄想了想，是舅舅。

"我们双职工，很忙的。你弟马上高考了。没人照顾你妈。"

"我知道了。"

"知道是什么意思？"

"知道就是知道了。"

"所谓救急不救穷。不可能一直住我这儿。我们有自己的……"

张英雄将手机举离耳朵，又放回嘴边，对着它吹气。他听见那头"喂喂"几声，随后一串"嘟嘟嘟"。张英雄擦拭显示屏上的指印。擦一个，留一个，怎么都擦不干净。他忽然记起父亲的模样，躺在棺材里，脸涂得煞白，还抹了口红，头颈却是灰黄的。他缩小了一圈，看着像个陌生老头。

沈重道："怎么回事，你吸毒了？快瘦成骷髅了。"

张英雄道："我也想有钱吸毒。"他吃不下饭。有时催命似的饿起来，却没一样食物引得起兴趣。他还患上失眠。室友们磨牙、放屁、梦呓，窗外野猫如婴泣，不知名的生物"啾啾"作响。有人骑着轮胎没气的自行车，"咔嚓咔嚓"，像行进在空阔无边之中。

漫长的白天，紧接漫长的黑夜。张英雄一下班，就去12号楼转悠。一次，一个大妈来问："小伙子，最近老见你在这儿，失恋了吗？"

上午八点，陆志强出门上班。走到房管所，大约花半小时。有自行车驶在人行道，他像用后脑勺看到了，往旁一避，自行车超过去。他踩到了狗屎，在树干上蹭蹭鞋底，继续向前。除此之外，他动作机械不变。头颈前倾，双肩微耸，一手拎公文包，一手甩如钟摆。甩一段，换个手。他换手越来越频繁，仿佛行走已是令人生厌的任务。

更早一些，清晨六点，陆珊珊出来买早饭。身穿睡衣，面孔有些水肿，头发拱乱着。她四处闲逛，直至吃完自己那份。她爱买煎饼、油条、炸馄饨。她吃得满嘴油光，唱起歌来，仿佛动物般的哼哼。她还腾出手，摘一棵杂草，插草标似的插进头发。她把自己呛住了，咳蹲在地，蜷成小小一团。一个胖子迎面而来，小心绕开她。

活该、弱智、白痴、神经病。张英雄暗暗咒骂一通，却没有因此高兴。

那是个星期天，半夜雨过，收晴了。张英雄晚班后睡不着,翻来覆去到五点,起床外出。人字拖很快黏湿了,脚心微凉。浅灰的晨光慢慢转白,再过一小时,它会变成金色。一辆出租车靠在路边,车玻璃被雨水冲洗一净。司机躺在后倾的驾驶座上,嘴唇半张,眼底露着一条眼白。张英雄取出折叠刀,在车身划了一道。他忽觉自己气概非凡,环顾左右,希望有人看见。

过了几秒,他收好刀,继续往前走。拐过一个弯,在煎饼摊前看到陆珊珊。今天,她起早了。

陆珊珊吃着饼,穿过马路,走进一条弄堂。弄底铁门锁住了。她停在铁门前,一心一意吃饼。张英雄按按兜里的折叠刀,走过去。

"喂。"他说。

陆珊珊继续吃饼。

"喂,陆珊珊。"

陆珊珊扭过头。她下巴沾着饼屑,嘴巴不停嚼动。张英雄走近她。"你好吗?"

她没认出他。她瞳孔透明,睫状肌一收一扩,仿佛要将他吸入眼中。

张英雄张臂抱住她。她"嗯嗯"叫起来,挣脱出手,举着煎饼,生怕被碰落。张英雄将她压在铁门上,一亲,亲到她的额头。她头发里有股蜂花洗发水的味道。他也用这牌子。她又矮又小,乳房冷冷的,像两块果冻。张英雄隔着衣服,握住其中之一。那个瞬间,他触电似的,涌起一股羞愧。陆珊珊不动了。她伏在他臂弯里,后颈皮发着烫,背脊沾到门上铁锈,一条条的。张英雄抱紧她,又松开她。他回忆起甜蜜的时刻。她仍然不动。他像摆放玩具似的,将她身体摆正,一只手仍恋恋不舍,搭住她的胳膊。她捡起煎饼,抠掉饼面污垢。张英雄掏出一把钞票,递到陆珊珊面前。"赔你的早饭。"她怀抱煎饼,绕开他的手。她抱得那么紧,仿佛那是她的宝贝。这个时刻,晨光倏然温暖。张英雄眨眨眼。陆珊珊越走越小,转了个弯,消失在一片金色之中。

写于2010年8月30日星期一

飞　毯

　　毛头的老家石皮门是个临海小镇，祖辈打鱼为生。一九七〇年出生，父母给他取名薛文锋。

　　母亲苏阿妹断了一腕，鱼片干加工厂出的工伤。有人传闲话，说其实是薛大伟剁掉的。薛家一门脾气火爆，苏阿妹缝个布围，把婴儿兜在胸前，好手扶着奶子，断手一捋桌面，盆碗勺筷，齐齐飞向薛大伟。

　　等儿子下了地，苏阿妹失去护身符，只剩被丈夫揪打的份。好在还有一张嘴，薛家祖宗全被骂了个遍。打完骂完，收拾战场，薛大伟给苏阿妹敷云南白药，苏阿妹"大伟，大伟"地撒娇。邻居暗笑："一对宝货，生出的娃儿也好不了。"

薛文锋开口晚,两岁说第一句话:"揍你娘。"还拿塑料玩具球猛击妈妈的脑门。

苏阿妹正蹲着给小囡洗澡,丝瓜筋一甩,丈夫裤腿上开了一朵水花:"小畜生骂人的腔调,跟你一个模子刻出来的!"

"什么玩意儿!"薛大伟茶杯一倾,苏阿妹湿了大半襟衣服。

小文锋喜欢看大人打架,嘴里"呼呼"助威,脚丫兴高采烈扑腾,塑料球在手中压得扁扁的。

只有傻丫头薛文瑛脾气好,整天淌着口水痴笑。薛文锋又拍又揉,妹妹的脸变化出古怪表情。他爱把她两颊的婴儿肥往鼻梁挤,五官凑一块儿了,噘起的小嘴口齿不清着:"哥哥,哥哥。"文锋九岁时,突然知道疼妹妹了,往文瑛身前一挡,小眼乌珠一瞪,捣蛋的孩童们鸟兽状散。

十五岁的一个星期天,薛文锋玩累了,站在门口看妈妈拆线头。她左手断处箍个环,右手将碎布钩进环内,捏一枚汽水瓶盖,顺着织物纹理,刮出蓬松弯曲的棉线。腕部被勒得红肿溃烂,只胡乱贴些膏药。布片吃不住力,几次三番脱出来,苏阿妹痛得哼哼。薛文锋上前,把线团盒子一掀,大声说:"妈,我来养活你,从今你不会受苦的。"

城郊连开三家工厂,污水管道直通大海,再加牌照满天飞,渔夫比鱼虾还多。休渔从两个月增到四个月,农业税却全

085

年照收。薛文锋辍了学,随父打鱼,家境反不如前,苏阿妹依然每天坐在门口,一股一股拆线头。

半夜,全家人被砸床板的声音弄醒。二老交口大骂,文瑛呜呜直哭。

薛文锋鬼魅一样站在床前:"爸爸、妈妈、妹妹,我一定让你们过好日子!"

"省省吧,"薛大伟俯过身,猛戳他脑袋,"有口饭吃不错了,你要娶娘子,文瑛要嫁人。实际一点行不?关灯,睡觉,以后不许半夜挺尸!"

石皮门有个海上执法队,还有海上执法服务中心,都是浅蓝制服,唯一区别的是巡逻船,执法队白船黑字"海巡220",服务中心黑船白字,舷侧一串呼叫号码。黑白的摩托艇,每日快活地兜海风。偶尔还有女眷,夹在蓝制服间,随着溅入船帮的浪头,发出阵阵尖叫。

渔民们逐年增长的行政管理费,大多用来喂了"蓝鲨",他们个个肥头大耳,每两年制服就换大一号。苏阿妹的爸爸苏老爹,因为天气突变,被浪头打入海中,岸上有人给服务中心拨电话,半天没人接,终于接了,又不耐烦:"来了来了,急个屁啊!"

黑摩托艇笃悠悠开来时,苏老爹早没了影儿。胖"蓝鲨"指挥渔民打捞尸体,一边在砖头样的大哥大里说情话。

这是薛文锋十四岁时的事。十七岁时,一名"蓝鲨"指着一篓鱼,命令薛文锋送给他,薛文锋二话不说,将对方扑入水里,一顿好揍。

一年后,薛文锋回家,薛大伟的肝脏出了问题。有说喝坏的,有说气坏的。文锋知道,由于经济原因,爸爸早已戒了四五年酒。苏阿妹的手腕终于恶化,文锋往袖管上一捏,发现整条前臂没了。文瑛窜了个儿,还是傻笑:"你回来啦?"眼泪掉下来。她和哥哥越长越像。

四年后,薛大伟转成肝癌。薛文锋开始想法子弄钱。

石皮门有不少台湾渔轮往来,大多买卖海产品,也有暗地做其他生意的。薛文锋由小顺带入行。小顺是光屁股长大的死党,薛文锋看着他一夜发家。他东拼西凑了钱,和小顺乘飞机到云南畹町。在那里,小顺从贩子手中买下五六千块钱的海洛因。两人将一斤左右的白粉团成七颗丸粒,小顺屁眼里塞两颗,薛文锋塞五颗。他们怕飞机场 X 光安检时露馅,坐了四天五夜火车,几乎不吃不喝,通过层层关卡,把货带回石皮门,一星期后,以十倍价钱转给台湾人。七千块本钱,生成两三万进账,薛文锋初尝甜头。

很快,传闻从一堵堵清水红砖墙,流转到一座座停靠敞篷船的小埠头。有说薛文锋的屁眼能塞进二倍于常人的东西,有说三倍的,五倍的,还有绘声绘色的描述,说薛文锋将小瓶洋酒夹带出百货店。走在路上,小孩们朝薛文锋扔石头,然后欢叫着跑散:"大屁眼!大屁眼!"

父亲不治身亡后,薛文锋进城买了房,把妈妈、妹妹一并接去。他每天拎着手提包,光鲜神气地出门,然后进对街的公共厕所换一身破旧衣服。他送过外卖、蹬过黄鱼车,甚至捡过垃圾。家人开始疑心时,他的账户只剩十八块钱。薛文锋要来妈妈的黄金首饰,说是打造新式样,又打电话回家,谎称出差一个月。

三十天后,毛头回来了。两个女人见他从大包里一样一样往外掏,吓得浑身发抖。两副玉镯,两套黄金首饰,两根珍珠项链,一黑一白,还有五六件名牌衣服。毛头说:"妈妈,文瑛,你们很快会有一栋别墅。"

他让她们不要再叫他的本名。薛文锋早化成一摊口水,消失在石皮门的下水道里。剩下的那个人,叫作毛头。

毛头的女朋友乐慧,是唯一知道他秘密的人。毛头提起过,因为殴打执法人员,他被判妨碍公务罪,进牢子蹲了一年。同监的三个老变态,把各种东西往他的身体里捅。乐慧给他上药时,能将两三根指头同时送入。她觉得恶心,但她是爱毛头的。

苏阿妹对儿子说,乐慧打扮得像只鸡。"嘴唇忒红,满脸雀斑疙瘩,睫毛干成了油漆刷。"

乐慧穿戴毛头买的裘皮大衣、水貂围巾、针织贝雷帽、亮皮紧身裙、尖头窄身鞋，七八厘米的高跟，走路跌跌撞撞。

出租车上，乐慧问："你妈会喜欢我吗？"

"会的。"

下车又问："你妹呢？"

"也会。"

按了电铃，半晌没反应，瞥一眼铁门顶部的监视探头，乐慧轻声道："心快跳出来了。"

冷风在豪华别墅里穿梭，餐厅空调的热气打不下来。苏阿妹裹着臃肿的棉睡袍，乐慧脱去外套，直流鼻涕，碗边堆起一团团餐巾纸。

苏阿妹盯着乐慧的羊羔绒上衣，说："我们文锋大方，再贵的东西，别人一开口，他就掏腰包，对自己却苛刻，住个小破房子，想想就心疼。"

"是，是，他是大方。"乐慧在皮制椅面上挪了挪屁股。

"钱是容易赚的吗？想当初，累死累活出一个月海，买件衣服就没了。"

片刻，苏阿妹抽抽鼻子："什么味道，熏死人了。"

"我喷的香水。"乐慧低声。

"噢，我老啦，容易过敏。"

四人闷头吃菜。薛文瑛不时偷瞧乐慧，小姑娘也是黑脸蛋、窄眼睛，乐慧觉得亲切。

过了会儿，苏阿妹又说："文锋，那个美凤呢，还联系吗？我对她印象挺好的。"

毛头和乐慧同时放下筷子，你瞪我，我瞪你。薛文瑛呵呵两声，不知乐什么。

回家路上，乐慧问"美凤"是谁。毛头说是前女友，名叫张美凤。

"为什么分手了？"

"性格不合。"

"你也给她买衣服？"

"是的。"

"你也带她下馆子？"

"是的。"

乐慧不说话了。

毛头道："你和她不一样。"

薛大伟死后，苏阿妹开始迷信土方，甩手、摇头、打鸡血，甚至参加喝尿协会。

苏阿妹说，协会的吴老太喝了一年尿，鼻咽病、妇女病、风湿病，全好了，还能跳绳和爬杆。黄先生是医生，写了多篇喝尿论文，得过荣誉证书，影响甚大。

苏阿妹又说，协会里很多人，除了小孩，全家喝尿。毛头私下问妹妹，文瑛说："又苦又咸又涩，像苦麦菜汤。"妈妈见她呕吐，让她兑了开水慢慢喝，她喝完直想大便。

苏阿妹坚信，喝尿治好了她长年的坐骨神经痛，饭量大了，头发黑了，精神也好了。她还总结经验：去头去尾，中间最好。早上口味重，晚上口味淡。尿前嚼话梅，尿有酸甜味；尿前食素菜，尿有清香味。苏阿妹喜欢饮牛奶、吃苹果，排出的尿最好喝。

那时，苏阿妹想劝服毛头，被一口拒绝。张美凤则积极响应，到苏家别墅小住的日子里，喝了三天尿。

"其实她喝的是茶，前一晚洗澡时，将茶水藏在浴室里。"毛头告诉乐慧，张美凤眉头不皱，一杯见底，连称好喝。苏阿妹拉住毛头，欢喜道："薛家有这样的媳妇，是前辈子的福分。"

乐慧想了想，说："如果为了你，我也愿意喝尿。"

薛大伟临死时，是副插满导管的骨头架子，嚅动的嘴角漏着一挂牙龈血，喊痛的力气也使不起。苏阿妹看到，水液从丈夫肿胀的大腿上渗出。后来告诉毛头，那刻她意识到，死亡，就是皮囊坏了，盛不住东西了。

苏阿妹保护躯壳，像保护一架精密仪器。指甲黑了，舌苔白了，睡不好觉，拉不出尿，都要兴师动众。薛文瑛则相反，用毛头的话讲：她的魂儿早就脱了身体的壳，不知跑哪里去了。

文瑛六岁时，张开双臂，从砖墙上跳下来，摔断一条腿。

她一边哭,一边笑:"哥哥,我感觉飞起来了。"

石膏还没拆,文瑛再次跳墙,还在胳膊上绑了硬板纸,剪成翅膀的样子。这一跃,脚彻底跛了,父母将她捆在床上。她折纸鹤玩,五十只一串,让文锋帮忙,挂上天花板。纸鹤迎风转,文瑛拍手笑。

住进别墅,毛头给妹妹买了电脑。文瑛将两大箱连环画搬到地下室,《辛巴达航海》《阿拉丁神灯》,它们陪伴了她二十年。文瑛无师自通,一头扎入网络世界。

苏阿妹埋怨:"什么破机器,让迷糊人更迷糊。饭不吃,觉不睡,对着屏幕又笑又闹。"

文瑛突然失踪一星期,回来时衣衫破烂,浑身恶臭,倒头就睡,三天三夜唤不醒。苏阿妹盘问,一听什么网友见面,火冒三丈,把电脑砸成稀巴烂。

两个月后,苏阿妹发现不对劲,送女儿一查,发现怀孕了,气得一顿毒打,文瑛哇哇大哭,颠三倒四,说不出所以然。手术后,文瑛躺在床上,拉着苏阿妹的空袖管道:"妈妈,我疼。"苏阿妹强忍住泪:"文瑛,从今以后,妈不许你离开。"

文瑛在空荡荡的别墅里陪母亲,吃饭、睡觉,偶尔参加喝尿协会的活动,甚至接受记者采访。

"你喜欢喝尿吗?"记者问。

文瑛别转身,瞥一眼身后,苏阿妹正满脸焦急地打着手势。文瑛答道:"不喜欢。我只爱看连环画。"

这以后,喝尿协会的活动也没得参加。文瑛在家跑楼梯,三楼跑到一楼，一楼跑回三楼，跑完喘着气，定定地注视窗外。她又将连环画搬出来，躺在被窝里翻看。小册子都掉了封面，缺了页角，文瑛饶有耐心地一本本修补。

某日，文瑛忽然梦魇，脑袋发疼，手脚沉重，持续了二十分钟。醒后跑下楼问苏阿妹："哥哥怎么了？"

"哥哥很好。"苏阿妹正在切土豆，她停下菜刀。

"那他为啥不来看我们。"

苏阿妹不回答。

"那他为啥不来看我们，他有半年没来了。"

"我正忙着呢。"

文瑛想了想，说："妈，我知道了，没有飞毯。"

"当然没有。"

"为什么没有？"

"没有就是没有。"苏阿妹有点不耐烦。

第二天清晨，苏阿妹倒垃圾，在楼底发现女儿，裹着白被单，栽在月季丛中。一点外伤都没有，离开得安静彻底。在小卧室的床头，粉红的梳妆镜面上，彩色水笔写着："没有飞毯"，赤、黄、蓝、绿，四个字，四种颜色。

毛头是在此前一天死的。他被一颗子弹击中，半块头骨飞了出去。

写于 2005 年 7 月 20 日

朱三小姐的一生

一

每个人都在等待朱三小姐死去。她已老瘦成一把咔啦作响的骨架子，却仿佛永远不会死。

祥元里的孩子们，自打有了记忆，就识得她。那时，她头发还是皂灰色的，夹了些许银白，用篦子向后梳齐，在颈窝上盘个元宝髻，簪一朵塑料牡丹花。她身穿藏蓝的阴丹士林旗袍，光了两截青筋虬起的腿，底下一双羊獾皮浅口高跟鞋。

有那么一阵，她天天站在学堂门口，将竹篮头拴了麻绳，悬在路牌上。篮里是她捡的废报纸。她折了许多纸鸟，边折边唱："我的少年郎，聪明又体壮，他给我无上的勇气，又给我无限的新希望……"声音清亮到不像她自己的，仿佛身体里有个二八大姑娘，在替她歌唱。唱罢，笑眯眯招手："乖小囡，来来，拿只小鸟白相相。看呀，小鸟飞啦。"一阵风过，纸鸟当真飞起来，扬着，颠着，盘旋着，在风尽处逐一扑落。"来呀，拿只小鸟，快点拿了跑。"

大家怕被她抓住似的，哄散开去，远远喊测。各人从父母那里，得到她的消息。她叫朱三小姐，又叫疯婆子，死老太婆。她孤身一人，住在隔壁弄堂三层阁里。"她是一个妓女。"大孩子们半懂不懂地说。

朱三小姐很快被驱逐。她意犹不甘，仍到学堂门口转悠。看门老头拿一把扫帚，嗷嘘嗷嘘，赶麻雀似的赶她。她一惊，欠欠身，沿了墙角走开。旗袍裹着她的胯，将她步子勒得小小的。从马路对过看，她仿佛是在滑行。

她滑过点心铺，往里张一张，老板娘即刻出来阻拦，"做啥。"她退后半步，递出钞票，"两只菜馒头。"老板娘接钱进门，不时回个头，生怕她跟进来。她便愈发往后，退到梧桐树下。老板娘出来了，把找头甩给她，两只馒头放进竹篮。她捧出一只，吹着气，边走边吃。

她路过茶水摊头，又停下。摊主挥挥手。她站远了，少顷，又近前来。摊主说："没办法卖给你，你喝过的杯子，别人不肯用。"她忙从竹篮头里取一只杯子。摊主收了五分钱，为她斟满茶叶水。

后来,他逢人便说:"雕花玻璃杯,琥珀色的,看起来很值铜钿,有钞票人家吃咖啡用的。"马上有人指出,朱三小姐拎的竹篮头,也不是普通买菜篮头,是有钞票人家装饭的筲筲。继而纷纷说开,断定朱三小姐在装穷,她的三层阁里,满是值钱物什。"一日到夜荡来荡去,靠啥养活自己,肯定有的是老本吃。"于是传闻道,朱三小姐出自大户人家。很快被街边下象棋的老头们否定,"啥大户小户,就是个妓女。""长三堂子出来的妓女,也算大户人家,个个比少奶奶姨太太时髦。""算了吧,她也配当书寓先生。朱葆三路上的钉棚,三五角洋钿,给外国赤佬钉一钉。""怪不得叫朱三小姐,原来是朱葆三路的小姐。""她女儿活着的辰光,亲口跟我么儿媳妇讲的,啧啧。"孩子们凑了听,听不明白,便要问。老头们嘎嘎怪笑,用烟头扔他们,拿茶叶渣子啐他们,"小赤佬,鸡巴都没长毛呢,去去,一边去。"

好奇心让孩子们骚动。他们随在朱三小姐身后,"长三堂子、朱葆三路"乱叫。她跟聋了似的,依旧笃悠悠走。有人拿石头扔她,她噢呦回头,"小鬼头,不要调皮。"孩子们哈哈笑,笑过几次,便也无趣了。

在街角老虎灶旁,有一米来宽的凹角,放了把花梨木太师椅。靠背板正面,雕有牡丹花,背面用白漆写了小字:"怀恩堂　耶稣爱你"。朱三小姐走累了,歇歇脚。没人想到偷椅子。一个老妓女在用它，有点脏，有点不吉利。孩子们拖将出来，拿削笔刀抠刮白漆字。朱三小姐来了，他们便逃跑。朱三把椅子搬回原地，揩揩椅面，坐上去。时已入冬，她加披了长棉袄，旗袍底下套一条老棉裤。衣裤厚大，脑袋就显小，孤零零悬在领口上，仿佛一片枯叶子。

冬天是老年人的季节，每个人都显老一点。孩子们被冻得老成起来，姑娘们在肥衣服里埋没腰身，有了中年般的体态。而真正的老人，也在冬天一个个死去。他们的名字，被写在水门汀地上，用黄粉笔框一个圈。锡箔在名字上点燃。烟火明灭，灰烬翻扬，留下黑色的灼痕，将名字掩得斑驳难辨。孩子们踩到黄粉笔圈，沾了一脚锡箔灰，大人便嚷嚷，"快点跳一跳，把死人晦气跳掉。"孩子问："为啥晦气，人不都要死的吗。"大人嚅着嘴，答不出，撩手一记头挞。

接连的冬天里，都有黄粉笔圈，在路上，在树底，在下水道格挡边。扎白腰带的子女们，抬了遗像，放了鞭炮，沿街哭一哭，隔日便跟没事人似的，继续他们的生活。下象棋的老头，死了一个，又死了一个。点心铺的老板娘，废品站的阿婆，烟纸店的长衫先生，相继死去。他们的小生意一起死亡了，门面变作便利店、鲜花店、贴膜店。老虎灶的大伯也死了，老虎灶收归国营，随后关了门。开起一家冒充法国来的面包店。倒闭后，换作服装店，又改为美甲店，再次倒闭，转让给修手机的。染黄发的小哥，终日坐在柜面上，拿手机看连续剧。店门外，易拉宝广告旁，换了一拨老人下象棋。

朱三小姐也老了。旗袍上补丁更多，走起路来，步子更小更慢。她依旧梳元宝髻，扎得过紧的白发底下，丝缕可见肉红色头皮。为要遮盖老人斑，她擦了满脸珍珠粉，粉粒嵌进皱纹褶子，仿佛一张连皮带肉的面具。路过的人们，忍不得回个头，说两嘴。猜测、嘲讽、咒骂，间或也有公道话，"老太婆五官蛮清爽的，年轻辰光卖相不差吧。"

二

朱三小姐年轻时，约莫是标致的。蜜合色的面皮，被"双美人"香粉刷白起来。一道垂丝前刘海，压着两条细眉毛。眼袋淤青，早早有了细纹。亏得一副圆脸架子，把年龄减小下去。她的长脖子最好看，每件旗袍做成高领，箍一半，露一半，勾了男人眼睛，往头颈下面走。织锦缎旗袍，香云纱旗袍，阴丹士林旗袍，都用"双妹"花露水喷香。

她在卡巴莱酒吧上班。到了夜里厢，朱葆三路的霓虹灯，跟狗皮膏药似的，一块叠一块。音乐聒得耳朵痛。小汽车，黄包车，载来一车车洋人。喝酒、跳舞、打架、按摩、赌钱。

朱三小姐有个"四姐妹帮"，在新亚书店买来《金兰同契》的契纸，找了个长衫先生，相帮写下四人的姓名籍贯。又去沈石蒂照相馆合影。一色的细挑眉毛，垂丝刘海，嘴唇抹得浓又小。四个人看起来，真似同一娘胎出来的。合影粘在契纸上，各执一份，立为盟誓。

大姐来自盐城。几年前，一场瘟疫葬送她的丈夫儿女。她是朱三小姐认识的人里，第一个用文胸的，"瞧瞧，从法兰西运来的胸罩，比背心肚兜好用多了。"她展示给姐妹们看。朱三摸了又摸。大姐那对面粉袋似的奶子，潲潲满满兜在文胸里，将洋装顶高起来。洋阿飞们喜欢她，三五簇拥着，为她拌嘴打架。多毛的大手探入领口，东一抓，西一捏。一个黏糊糊的夏夜，她被醉酒的西班牙海员，掐死在安乐宫门口的鹅卵石路上。前襟被撕脱，文胸被扯掉，两只乳房从身体两侧挂下来。硕大的乳头、黑褐的乳晕，使她看起来像一位母亲。

小妹比大姐年轻十五岁，身体尚未长开，装扮却往老熟里走。满头发卷如弹簧钢丝，眼眶勾得墨擦里黑。她姘了个黄包车夫，租住在杨树浦的广式房子里。车夫借了老乡的私人包车牌照，让她扮作大家闺秀，每个下午拉她到"上只角"揽生意。姐妹们劝她："日做夜做，身体吃不消的，男人就想榨干你。"小妹道："你们不要瞎讲，是我自己想做的。"

未几，小妹开始长杨梅疮。她在热水里撒盐，洗两条烂腿，被情夫发现，挨了一顿打，"还想瞒牢我，当我是瘟生阿木林，让我鼻头也烂掉是吧。"卷了她的钱，跑了。小妹搬来与姐姐们住。朱三与二姐凑钱，让她打六〇六[①]针，还讨了土

---

① 即洒尔佛散（德语：Salvarsan）。也称作砷凡纳明或胂凡纳明（英语：Arsphenamine）或606，是第一种有效治疗梅毒的有机砷化合物，又用于治疗昏睡病，还是第一种现代化疗药物，1910年代初投入应用。

方，取大蜈蚣、双花、生大黄，清水煎成药。一边吃药打针，一边仍被逼着接客。

朱三安慰道："'中状元'的多了去，都会好的。"

小妹默然一晌，道："小时候家里养了只猫，跟我最亲。我十二岁那年，猫突然跑了，找也找不到。我差点眼睛哭瞎掉。后来听人讲，老猫都这样，知道自己快死了，就到没人的地方，安安静静去死。"

"不讲闲话，多休息，不是啥大事体。"

"人人看轻我。爹妈把我当畜生养，哥哥姐姐讨厌我，邻居都要踏我一脚。他是欢喜我的，但更欢喜钱。谁不欢喜钱呢，不能怪他。我就望到死掉的那天，能够有点人样子。"

打过七八针六〇六，吃过十几副大蜈蚣，杨梅疮还是开到脸上。一个半夜，趁姐姐们外出工作，小妹不告而别。在二姐床头留了两双玻璃丝袜、一对玻璃耳坠。给朱三枕边留了一罐旁氏白玉霜、一双羊猄皮浅口高跟鞋。还在桌上压一张表芯纸，纸上用口红画了两个圆两块方。小妹不会写字，朱三和二姐不会识字。猜了一晌，估摸小妹的意思是，走了两个，剩了两个。

自此，朱三和二姐依傍度日。二姐常去"华都"舞厅伴唱。她歌声走得高，高了又高，还稳稳旋上几旋。白滚滚的手臂往斜兜里一甩，满身假珠宝丁零当啷响。大家称她"小白虹"，说她唱的《郎是春日风》，比白虹本人还好。她时或拉了朱三一道，合唱《人海飘航》。满池子男女随了歌声，摇摇摆摆探戈起来。

工作罢，回住处。卸妆，脱衣。她们睡一铺，搂得紧紧的，生怕对方跑掉似的。二姐将朱三的脸，贴到自己胸前，在她额上一舔一舔，渐渐舔至面颊，"三丫头，你发誓，这辈子不离开我，否则不得好死。不，不，"顿了顿，"如果你离开我，就让你一直活下去，想死也死不掉。"

三

朱三初遇张阿贵，是在二十四岁上。他是她的客人。他跟选牲口似的，检查眼睛嘴巴。捏住她的手，正反地看。将她领入房来，命她脱掉旗袍，观察腋窝、手肘和后背。又反复摁她下腹，问痛不痛。

张阿贵是老手，懂得在花烟间里挑干净货。朱三是干净的，面皮略黄，身体却白到发青。静脉血管犹如花纹，透出皮肤来。他揸了两只手，往回摩挲，"这身皮肉咋长的呀，简直像只燕皮馄饨。"

张阿贵生于广东，独自来上海，开个"打挣馆"，给外国人修轮船。他是嫖油了的人，迟迟不肯成家。有那么一阵，天天跑来找朱三，揉着她，吮着她，似欲把她吃进肚皮。他给她钱，不许她见别的客。仍不放心，赎她出来，在同仁里借了前楼同住。

张阿贵依旧出去嫖,次数却少了。已经包养的女人,何不用足呢。好比煮了正餐,白白扔掉,又出去花钱吃。张阿贵才不傻。他与朱三厮磨几年,渐有搭伙过日脚的感觉。每日里热汤热饭,养起一身膘。某个春天,他腹泻欲死,以为是"二号病",却慢慢活了回来。自此见老,对朱三有了近乎讨好的依赖。

他对朱三说:"我耕你这块地,耕了多少年,也耕不出个名堂。你的'红木家生'坏掉了吧,索性领个儿子去。"他剪了立式板寸,穿上机织布长衫,携朱三至新普育堂。

张阿贵在两排孤儿间踱走,逐个查看头发牙齿。朱三跟紧他,忽觉旗袍被扯住。是个五六岁大的女孩。朱三道:"要不收两个吧,一男一女,也好有个伴。"张阿贵道:"这女仔年纪大了点。""大一点懂事,能够相帮照顾弟弟。"于是,他们收养了五岁的张桂芳,三岁的张桂强。

张桂芳称养父"阿爸",唤养母"朱三小姐"。朱三打过几次,便由她去。一日拌嘴,张阿贵责备朱三,跟隔壁苏北赤佬闲话忒多。朱三讥诮张阿贵,欢喜吃醋还抠门,"广东瘪三,抠是抠得来,巴不得屁眼里抠出三块洋钿。"张阿贵笑了,"我要是不抠,就砸钱找书寓先生了,还嫖你这种马路上的咸水妹。"张桂芳听在耳中,不觉就懂了,向弟弟解释:"咸水妹是跟外国男人困觉的女人。"

人人都说张桂芳聪明，简直像是张阿贵亲生。张阿贵自学识字和打算盘，还订了两份报。张桂芳六岁起，拿了报纸，楼上楼下地问，学得二三十个字。张阿贵欲送她上学。朱三小姐道："女小囡读啥书。"吵一架。逾数月，张阿贵将养女送至私立小学。

几年后，张阿贵投资赌场亏了本。朱三帮他去讨债。赌场在永安公司七重天楼上，讨债队伍一径排过南京路。轮到朱三，天色已然昏昧，对方将空了的钱袋一抖，让她下个月来。

旬余，张阿贵僵着脸回家，"赌场大老板逃去香港了。"他怪朱三不得力。朱三哭闹一场，变卖家具，收拾细软，在祥元里寻了个三层阁，举家搬走。还是被人找到，讨债的，讨工资的，乱纷纷上门。朱三出去做保姆，帮双职工倒马桶，给小脚老太挑井水。寻不到生活了，捡菜皮，拾垃圾，剥死人衣裳，常被"三道头"举着警棍追打。

张家已没钱囤米。逢到开火仓，朱三让张桂芳揣个小淘箩，出去现买两升米。张阿贵边吃饭，边喝酒，两截细伶伶的小腿，塞在八仙桌牙板空档里，打着嗝道："你是老太婆了，否则回酒吧做做，也算一个办法，"又道，"都怪你，本来单身挺好的，现在养一大家子累赘。"

一日，张阿贵给养女塞了块梨膏糖，走出弄堂，再没回来。有说他外逃躲债，有说是被人做掉了。朱三小姐不敢报警，坐在床边哭。张桂强跟着哭，哭得气喘吁吁，又噎又呛。

朱三抹一把眼睛，呵斥道："哭啥哭，有你哭的辰光。做人就是吃苦头，这苦头，那苦头，死死掉最太平。"

到了夜里厢，朱三唤起张桂芳，让她跟个"阿二头"走。张桂芳问："你把我卖去朱葆三路吗。"朱三掴她一掌。翌日，阿二头领回张桂芳，"本想教她做熟工序，混过拿摩温。她倒好，站在流水线上打瞌睡，头发差点轧到机器里。"

朱三打她一顿，又花钱托人，塞她进厂。磨螺丝钉，当缫丝工，一趟趟被辞退。朱三流泪道："桂芳，你做啥不跟我一条心。你爸跑了，你弟读书，三张嘴巴等吃饭。你也是大人了，要给家里撑着点。"张桂芳这才把上班当桩事。她被介绍到烟厂，负责把蒸熟的烟叶抽掉老茎。每天拉了满手泡回家。朱三小姐帮她逐个挑破，将流脓的双手，浸在明矾水里，"桂芳辛苦了。"张桂芳道："在酒吧里做，轻松很多吧。"朱三小姐啐一口，拍开她。张桂芳捞起双手，在衣衽上擦干。她像个谙熟世事的成年人那样，眯了眯眼睛。

四

张桂强终于长大，头发微卷，眼窝深凹，像个西洋混血儿。他在太古码头当记录员，被照相馆老板的大小姐相中，做起倒插门女婿来。岳父要求他更换姓氏，改作王桂强。王桂强对张桂芳说："王家是体面人，两个老的本就看我不上，要是晓得了朱三小姐，肯定赶我跑。"他让人抬来十数袋暹罗米，自此不走动。

朱三哭了几回，道："我要去问问王家，他们宝贝女婿的良心，是被狗吃掉了吗。"张桂芳道："你真心为他好，就别为难他。哪能办呢，各人各难处，就当没他这人吧。"朱三道："你帮'白眼狼'说话，是为自己寻后路吗。放心好了，你这辈子跑不出我手心。"

是年，物价飞涨，物资奇缺，烟厂一夜关门。张桂芳满街乱走，寻点零碎生活。替有钱人家喂狗，帮纺织女工带孩子。纺织女工告诉她，中纺一厂在招养成工。张桂芳回家说与朱三，朱三怂恿她去。张桂芳说："我都二十二了。""你身子骨没长开，看着就像十三四岁，去吧，试试看，又不吃亏。"张桂芳去了。负责招工的拿摩温，搦了细竹竿，往她头顶心一比，考几个问题，见她识过字，便录取下来。

张桂芳被分到细纱间，做挡车工。工友以工号互称。有个"60号"与她相善，将自家二哥介绍给她。一来二往，朱三觉察了，摸到60号家闹一场，"别看桂芳长得小样，都快三十了，身体瘦叽叽的，怕是以后不能生。"

男友分了手，张桂芳大病。朱三喂粥喂汤，半夜扶她溲溺，替她清洗血短裤，"老话里讲，多年母女成姐妹。我们娘俩，你照顾我，我照顾你，一辈子就过掉了。要男人做啥，想想你爸，你哥，哪个靠得牢。"张桂芳讷然。

少后，邻里渐有闲话。朱三不觉。一日去小菜场，买落市菜，碰着个街坊，打了招呼，往那人篮头里翻翻，"今朝买啥呀。"那人不吱声，将朱三碰过的番茄扔回摊头上。朱三窝了一肚皮气，别转屁股走。到家越想越恨，去门口候着，追问道："你是啥意思，嫌鄙我吗。"那人道："朱葆三路的拉三，弹开，不要带坏小囡。"旁边蹲了两个淘米女人，淌湿着手，互相咬了耳朵，扭转目光，上下刷看朱三。

朱三跑回家，裹了被头，斜在床上。不知多久，听得脚步声吱吱嘎嘎上来，便道："你在外头瞎讲啥了。"

张桂芳关了门，往八仙桌上一觑："咦，没烧饭啊，饿死我了。"

"问你呢。"

张桂芳揭开饭窝子，张一张，"我讲啥啦，我能讲啥啦。"

"你心里头恨透我了，在外头瞎讲八讲，想让人家瞧不起我。"

"我做啥要恨你，"张桂芳笑起来，"你那点龌龊事，有啥好讲。大概是老早的人客从朱葆三路寻来了。啊呀呀，做也做过，总要被人晓得的。"

朱三一掌撂去，指甲刮到张桂芳的脸。张桂芳搡开她。她趔趄后退，膝盖窝弹到床沿，揸开两手，反冲过来。张桂芳抬了胳膊，护住面孔，另一手去拧朱三。朱三低下肩胛，顶撞她的胸脯。张桂芳顺势揪她头发。朱三反揿她头发。两人互相抓着，叫着，兜兜转。五斗橱、八仙桌、马桶、木椅，乒乓乱响。一只瓷面钟哗嗒落地。朱三噢呦一声。两人同时松手，去看那钟。朱三说："钟罩子碎了。"张桂芳说："还在走。"收拾了残片，将钟放回五斗橱上。各自整理头发，凑着脑袋，看一晌。张桂芳道："时间还是准的。"朱三道："你爸当年买的英国货，贵得要死。那个辰光，以为一辈子会有好日脚过呢。"

此后，朱三碰到邻居，便拉住诉苦，"桂芳脑子坏掉了，乱话三千，没一句真的。"众人绕开她走。朱三对张桂芳道："到底是我养大你，没有功劳，也有苦劳。你在外面败坏我，害得大家不睬我，对得起良心吗。快点跟人家把话讲回来。"张桂芳道："我真没讲过你坏话。要是讲了，让我明朝出门，被小汽车撞死。"

大半年后，张桂芳死了。不是被车撞死，是去外滩"轧金子"，被人踩死的。时值年底，人人都传，黄金将要撤出上海。张桂芳在存兑申请期的前日，便去中央银行排队。

临出门，朱三道："好像要落雨，带把伞去。"

张桂芳道："水壶、军毯、罗宋面包，塞得潜潜满，我有三只手吗。"

朱三捏她一把，"衣服够吗？"

"棉袄忒厚，汗都焐出来了。"

"要在外头过一夜，撑得牢吗，我心里别别跳。"

"啊呀，又不是我一个，同事家家都去的。不去哪能办，

107

金圆券砸在手里厢,揩屁股也不好用,刮得屁眼剌剌叫痛。"

朱三听了张桂芳下楼。想象她行起路来,身体往前扎,仿佛用脑袋顶开暮色。微带罗圈的双腿,一走一踢,步子琐碎。朱三笑了,旋即怅然。张桂芳啊,若是亲生的就好了。

夜间七八时,头顶开始噼啪响。雨滴弹击老虎窗玻璃,由疏至密。朱三闭门枯坐,听得厌气,早早上了床。她一夜乱梦。梦见从死人堆里爬起来,梦见父亲用火钳烫她腿臂,梦见走在番瓜弄,穿过空了的滚地龙,倏然窜出个男人,将她摁倒在垃圾堆旁。她坐醒起来,"不好了",捂住胸脯,喘息不已。

空气潮冷,渥着阴沟洞气味。公鸡开始打鸣。喤啷啷一阵铜铃响,粪车压着弹格路面而过。"倒马桶喽,马桶拎出来喽。"楼下喧起来,乱纷纷说话,啪啦啦走动。"沪生阿爸,调黄金去。""调的人多吧。""昨日夜里厢,阿二头去了,他媳妇轧得昏头昏脑,回来跟我家子婆讲,外滩要轧坍掉了。""我今朝还要上班。""上啥班啦,赚了一袋废纸头回来,不够糊墙壁。"

朱三懊悔让张桂芳去。风吹得倒的小女人,哪能轧得过爷老头子们。朱三早饭没吃,中午蒸了四只馒头,暖在饭窝子里。待到傍晚,热一热,吃一个,其余放进碗橱。

亭子间有人回来,说外滩人轧人,轧死人,骑马警察来了,救护车也来了。朱三下去问:"看到桂芳没有。"

"介许多人,哪能看得到。"

"桂芳还没回来。"

"那你等一等，总归会回来的。"

"她啥辰光回来。"

"呀，你问我，我问啥人去。饿了一夜天，刚刚端起饭碗头，你就来问东问西。"

朱三讪讪回屋，靠在床头，不觉睡着。半夜里肚皮乱响，又起来，吃一个馒头。馒头冻僵了，入得腹中，又涩又胀，还有一股子腥腻，那是眼泪水的味道。面颊、下巴、手指头，都湿乎乎的。朱三里外冷了个透，缩在薄被头里，熬过下半夜。

要到一周后，才有人通知认尸。面目淤肿的张桂芳，已经不像张桂芳。斜咧的嘴巴里，碎了三颗门牙，舌头往前抵，一副有苦再也说不出的模样。朱三晃一眼，软在地上，出不得声。

大家都说朱三家不走运。"一两黄金七条命"，全上海死掉七个，偏就摊上一个。朱三坐在楼门口哭，"活来活去，活了一场空，以后靠啥人去呀，死了也没人相帮买棺材板。"听得人人皱眉头，"哭一哭就好了，还哭出瘾头了。""今朝哭了明朝哭，魂灵头都被她哭掉。""年轻辰光做坏事体，老天爷报应。"楼里出了两个男人，一人拽一臂，将她拽上楼，推入三层阁，掩起门来。

朱三哭不动了，剪下吊灯尼龙开关绳，兜在脖颈里，抬头寻了个遍，没地方挂。又拿起剪刀，比一比手腕，扔开。寻死是最难的。早年在朱葆三路,她曾将鸦片混了烧酒吞下。死过半日,又在医院活回来。二姐道:"阎罗王嫌鄙你了,弗肯收你。"于是只好活下去。

过了小半月,朱三心思略定,想起还有个儿子。她理了头发,换了衣服,别一扇栀子花。自觉体面了,找上门去。王家在南昌路,住西班牙式洋房。反复敲门,无人应答。她沿了砖雕围墙,走到前门。出来个老头,说:"王家刚刚卖脱洋楼,搬了走了。""搬到哪里去,生意有难处吗?"她插入半个身子,见内有二道门,紫藤棚下停了松花绿的皮尔卡轿车。"那是王家的车吗,我是亲家婆,放我进去。"老头不允,两厢推搡。

看热闹的围拢来,"阿婆,王家当真跑路啦。悄悄叫跑的,洋房一夜空掉。""我不信,跑到哪里去?"口舌乱起来,有说跑去香港,有说跑去阿美利加。朱三问:"阿美利加是啥物什。""喏喏,一个老远老远的国家,跟月宫一样远。"

很快,祥元里人人皆知,朱三找过儿子了。有说王家给了她许多"小黄鱼"①。也有说:"不可能,真有'小黄鱼',就顶一间洋房住住,窝在这里做啥。""不管有没有'小黄鱼',亲家婆找上门,多少会给的。""就是,你看她的旗袍,是丝缎的。""那不是新做的,老早就见她穿。""王家是大户,再哪能抠门,手指头缝里漏一点,就够她吃十年八年。"

---

① 当时用作储备金的金条,即俗称的"大、小黄鱼"。小黄鱼指1市两金条。

一夜，有人赤了脚，摸上楼梯，拨开榆木门板上的弹子锁。三层阁内有呜咽声。不是呜咽，是朱三打着不安稳的鼾。月光透下老虎窗，笼着满屋白纸白花，亮晃晃扎眼。张桂芳的黑白照片立在五斗橱上。她嘴巴在笑，上唇微微扯起，露出完好的门牙。目光却没有笑，两只大小参差的眼睛，乜斜着闯入者，看他逐一打开抽屉。

"啥人啊，桂芳！"朱三惊觉。那人往床上一扑，捂住她的嘴，"金条呢，金条在哪里？"朱三举臂，那人压住她手臂。朱三踢脚，那人压住她脚。皮肉触碰，那人喘起来，捏着揉着，把被子蹭下床，弓身半跪，两只膝盖顶开她的腿。"老吃老做的老太婆，看你再装腔，杀了你。"那人掐她脖颈，掐得她牙齿直咬舌头。她不动了，眼皮半阖，四肢松塌，仿佛一块任由吞食的隔夜肉。

五

没人说得清，朱三是何时疯掉的。她拎着竹篮头满街走，痴笑，自语，逗弄孩子。好心人搬了太师椅，为她放在街角。她坐上去，眼睛定快快的，仿佛一个面色疲惫的正常人。于是有说她装疯，"脑子拎得煞煞清，解放军一来，马上脱了旗袍，乖乖叫换上对襟袄。"

世道乱得不能再乱。忽而抓反革命，忽而斗资产阶级，忽而揪右派。有积极分子想起朱三了,说她和外国人困觉,还有个儿子潜逃出国。居委会找了她去,七八个人,研诘半日。她只反复道:"桂芳回来了吗,桂芳呢,桂芳在哪里?"嗯嗯啊啊笑。

最后是治保主任给了话:"你们争来争去,争不出个重点。敌我矛盾,人民内部矛盾,分得清爽吧?上次写反标的,重点批一批,还有换邮票的国民党特务,多上点手段,务必让他老实交代。这只老太婆,旧社会受外国人剥削,现在年纪大了,没亲没眷,脑子也不正常。把她搞死了,会得触霉头吧。"

朱三约莫六十多岁,看着有七十出头。一年一年,老得飞快,展眼便是八十又几。她记性变差,搞不清自己年龄。只记得属牛,从小被骂"戆牛"。老来更像牛了,慢吞吞,木豫豫。两只膝馒头胀似铁块,走路支楞着腿,脚下不停打绊。

她牙齿又细又长,渐有摇落。吃东西时,嘴巴犹如磨盘,一磨,一瘪,又一磨。她吃得进,拉不出,早晚蹲在马桶上,揉着胀气的肚皮,哼哼唧唧。睡眠也不好。每日困得坐不稳了,才敢躺倒。

杨木棕绷床的顶头上,老虎窗碎了玻璃,兜起一块油布。油布哗啦啦颤动,将夜风刮送到她身上。她皮肤愈发干痒,留着十道指甲,挠得浑身一条条红,皮屑跟落雪似的。终于浅浅睡去,却不停被自己的放屁声惊醒。

睡觉辛苦,醒来更辛苦。她衣服穿到发馊,才洗上一洗。

没力气拧干，滴里嗒啦晒几天。漂不干净的固本肥皂，在衣褶子里重新结块。她拎着马桶上下楼，越来越花时间。一次力有不逮，泼翻马桶，自此改用痰盂罐。搪瓷罐口箍得屁股痛，大腿麻，站不起身。便在街上捡一只塑料瓶，裁开，悬在床边做夜壶。又拾来废报纸，裹了粪团，一团团扔进竹篮头，塞在床底下。

吃饭更是个负累。她焖一大锅饭，用开水泡了，就着榨菜连日吃。嘴巴越寡淡，榨菜越吃多。时时口渴，时时憋尿，一憋不住，就弄湿裤子。于是翻出多年不用的月经带，叠几层草纸，垫在裤裆里。

吃喝罢，劳作罢，便要出个门，晒掉身上霉气。朱三坐在街角太师椅里，看着什么，又像什么都没看。身旁老虎灶的热气，腾腾熏蚀眼睛。她眼底挂了大眼袋，上眼皮皱似胡桃壳。一对浑浊的眼乌珠，仿佛焦距不准的镜头，望向这个世界。

朱三留意到，满街灰蓝色人影，争相妆红着绿起来。她知道世道已变，便从樟木箱底取出旗袍，补缀了，重新穿上。为遮掩臊味，她开始喷花露水，又用珍珠粉兑水，涂抹脸皮。她照照圆面镜，下楼出门。入暮回家，再照一照。直至脱袜上床，面孔依旧带着粉。很多人是在睡梦中死掉的。朱三害怕随时会死。死的时候，模样总要过得去。她无儿无女，没人会来整理遗容。

然而，朱三还是醒了。被屁声惊醒，被浓痰哽醒，抑或是殷勤的日头，从老虎窗上晃醒她。她睁开眼，知道又活过一日一夜。吃掉三顿泡饭，喝完两杯开水，排出半罐屎尿，落下一把头发，用了五张草纸，耗费四盆自来水。当她再次起床，身上的皮肉，又比前日松败了一点点。

亭子间阿姨的小外孙，每见朱三出来，便"长三堂子、朱葆三路"乱喊。朱三四顾无人，近前拧他耳朵："小赤佬，拎不清，真以为我疯掉吗。我是有海外关系的人，儿子在美国发大财，到辰光回来接我走。你表现好点，我送你一只金镯头白相相。"

这话传开，众人讶然，朱三果真在装疯。她像只精刮的老乌龟，看看苗头不对，脖颈一缩，躲进保命壳子里。不够精刮的家伙，统统倒了霉。比如那个写反标的，比如那个卖邮票的。他根本不是特务，他只是喜欢集邮。谁在乎呢，死都死了，平反又能怎样。批斗他们的治保主任也死了。那是在十二年后，他鲠了一根鲫鱼刺，喉头水肿，窒息而亡。

朱三为他焚香，合手拜几拜："主任，谢谢你，再会。"回想当年，真叫惊险。有个姓王的女人，一意跟朱三过不去，说她里通外国。治保主任道："她跟我妈差不多老，一只脚踏进棺材的人，能做多大个坏事体。"朱三认得主任他妈，斜白眼的宁波老太，年前刚刚病逝。或因一点残余的悲恸，主任保下朱三。姓王的兀自不满，见了朱三，总要哼一声。七八年后，她中风在床。朱三特地去看望，倚床坐一晌，啥都没说，笑着出来。不久，那女人褥疮感染而亡。

最让朱三高兴的，还是楼下"四眼"的死讯。他是祥元里第一个穿军便服的。花了五分洋钿，买一片染色剂，将旧衣煮成黄绿色。又用五粒"八一"军扣，替掉木纽扣。贼忒兮兮的小瘪三，穿上假军装，腰也挺了，步子也迈大了，正经得像个革命军人。

只有朱三知道，他曾夜半潜入三层阁。偷金条不成，掐得她半死。还褪去她的裤子，五指插入她腿间。她喊痛，他便咬她，呸呸吐唾沫，生怕脏了嘴似的。直至她流血不止，他才罢手："啃不动的老野鸡，哪能不去死。"

朱三在纸上画一副眼镜，每日用缝衣针戳刺，"老天长眼，恶人有恶报。"岂料"四眼"越活越抖擞。世道松动后，他家儿子做生意，炒股票，发了不得了的财，接他去住大房子。他时常回来，说是探望老邻居，炫耀他的手表和皮鞋。朱三气到呕吐，想去揭发，犹豫良久，作罢。她活得太久，见得太多，晓得世道会变过来，也会变过去。谁能说准明朝的风向呢。

好在阎王爷出手，帮她报了仇。一日，她孵在太师椅上，被日头晒得打瞌睡。忽被鞭炮惊醒，见大队男女，堵着马路，慢慢压过来。七八个灰衣道士，吹打念唱，像在拍电视剧。香烛师窜来钻去，麻雷子、二踢脚、大地红，爆响不绝。两个哭丧的女人，一扑一嚎，此起彼伏，时或翻白了眼，身子斜斜一软，仿佛昏厥过去。旁人赶忙扶住。在她们身后，是二十来个黑衣黑裤的老小，别着白头花，捧着半人高的遗像。

街边堆起了人，纷纷介议论。朱三挤不进，趴在肩膀缝里听。有说死者得的脑梗，有说是脑癌。有说这家人早已搬走，回来大做排场，是要存心显摆。朱三使力问道："死的是啥人呀？"旁人俯到她耳中喊："隔壁弄堂的四眼，记得吧，穿绿军装那个。"朱三噎住似的，捂了嘴，挪开两步，放手笑起来。怕被人注意，边笑边往家走。

到得三层阁，躺在眠床上。狂喜挟裹了悲伤，将她整个掏空。她涕泪满面，浑身抽搐，几欲虚脱。亲人死了，恩人死了，仇人也死了。她第一次发现，自己活得太长。她想起二姐的诅咒：如果你离开我，就让你一直活下去，想死也死不掉。朱三确实离开了她，可她说话未免忒毒。想死也死不掉，是个啥感觉。

日子一天一天，没完没了。朱三的皮肤愈益松垮，似要从骨架子上脱落。骨架子更是不像样，骨节凸棱棱的，眼窝和颧骨却深凹下去。白发过于稀薄，没法用头绳扎紧，这里那里地漏出来，犹如被踩扁的枯草，风一刮，满脑袋乱飞。

她在床上铺了寿被，置了寿枕。购一套"三领二腰"的红寿衣，穿在棉袄里头。她买来锡箔纸，为自己做元宝。银光惨惨的锡箔元宝，堆满床头、桌面、抽屉、地板。又在地板上层层叠高，淹没她的腿。她睡在元宝里，立在元宝里，趟走在元宝里。整座三层阁，仿佛一洞银色的圹穴。

阳光大好时，她会爬出来，在太师椅上坐一坐。椅子漆色剥落，骨架松动。曾经上好的花梨木，变作废柴堆似的。它被扔在街边凹角里，日头晒着，雨水淋着，白蚁噬着。没有旁人动它。它阴沉沉的，仿佛一件死物。

朱三攀着椅子，拐杖搭在扶手边。她身形缩得太小，双脚已经够不到地。她喘了气，挪了屁股，要将后腰贴到靠背板上。臀骨尖锐，磨蹭椅面，感觉不到痛。听力也消失了。上眼皮耷拉至眼窝，遮住她久患白内障的眼珠。

有个头发花白的胖子走近来，"喂，朱三小姐，认得我吗？"朱三没有反应。胖子头颈抽动，喷出一嘴的嗝，混了红星二锅头和隔夜呕吐物的渥臊气。油津津的腮帮肉一抖，跌坐在朱三脚边。

"在我小辰光，你来学堂门口，我还朝你扔过石头呢。那时六七岁，不大懂事体，听别人讲你，就跟了后头骂。你记得吧，没生气吧。你唱歌老好听的，是叫什么歌名呀？"他扯扯朱三的旗袍。朱三若有所感，眼皮一眯，脑袋缓慢挪动。

胖子开始诉说人生，痛风、高血压、肝硬化、离婚、丧母、下岗、股票亏本、银行欠债。说到天色微淡，暮风撩面，半醒不醒的。"算了，疯老太婆，不跟你多讲。我就是想不落，你哪能要活这么久。活着有啥意思呢。"他撑了几撑，摇晃着起来，从裤兜里掏一把钞票，"喂，喂，给你，买点老酒吃吃。"等了等，把钞票甩在地上，走出一段，回头看。钞票扑着跳着四散开。两个行人弯腰追捡。朱三小姐没有动。她坐在她的椅子上。她已经坐了百多年，仍将继续坐下去。

初稿 2017 年 2 月 27 日星期一
二稿于 2017 年 3 月 27 日星期一

我的妈妈叫林青霞

一

我的妈妈叫林青霞。她报出这个姓名时,仿佛自己也不能确定。停顿一下,若有所待,直至对方说:"长这么漂亮,怪不得叫林青霞。"她才"哪里,哪里"笑起来。她笑的样子,仿佛笑到一半,戛然而止——为了掩饰四环素牙,嘴唇抿得太紧了。

傍晚时分,麻将搭子们在楼下中药铺门口,一声声喊:"林青霞在吗?"知道她在,偏要搞出动静,惹得邻近窗口纷纷探头。"快上来。"林青霞滤掉残汤剩油,将碗筷堆进搪瓷面盆。铺好绒毯,倒出麻将牌。

木梯咯吱作响。搭子们上来了,拎着瓜子水果。有时三个人,有时五六个。交替打牌、围观、"飞苍蝇"。林青霞不停嗑瓜子,嘴边一圈红红火气。

婆婆张荣梅提起嗓门:"伟明,你老婆不洗碗。"

曾伟明抖动报纸,扔出一句:"快洗碗。"

"烦死了,会洗的。"

我放下铅笔,默默出去。他们以为我到过道小便——痰盂放在过道上,遮一挂麻布帘子。我穿过过道,上晒台把碗洗了。

麻将打到后半夜。我被日光灯刺醒。换下场的牌友钻入被窝,双脚搭在我身上取暖。窗外,有人骑轮胎漏气的自行车,咔嚓咔嚓,仿佛行进在空阔无边之中。梧桐枝叶受了惊惶,喧哗翻滚。张荣梅也醒了,连声咒骂。一口令人费解的苏北话,犹如沸水在煤球炉上持续作声。

林青霞说,苏北话是低等话,不需要懂。不打牌的日子,她倚在邻居门口,织着毛线,模仿张荣梅的"低等话"。"苏北老太凶什么凶。我娘家也是体面人,十岁的时候,就用上四环素了。嫁到曾家没享过福。我的同事严丽妹,你见过吧,满嘴耙牙那个,老公做生意发了,光是金戒指,就送她五六个。我命这么苦……"

林青霞不像命苦的样子。圆润的脸蛋,用可蒙雪花膏擦得喷香;头发烫成方便面,骑自行车时,飘扬如旗帜;为了保持身材,她将肉丝挑给我,还按住腹部,拍啊拍的:"我从前体形好得很,生完你以后,这块肉再也去不掉,"还说,"姑娘时是金奶子,过了门是银奶子,生过小孩是铜奶子。"在公共浴室,我观察那对奶子,垂垂如泪滴,乳晕大而脏。我羞愧起来,仿佛亏欠林青霞太多。

林青霞穿针织开衫和氨纶踏脚裤。有双奶白中跟喜喜底牛皮船鞋,周日蹲在门口,刷得闪亮。张荣梅的灰眼珠子,跟着转来转去。林青霞故意穿上牛皮鞋,踩得柚木地板喳喳响。她逛服装店,试穿很多衣服,一件不买地出来。她议论严丽妹,"瞧那屁股,挂到膝盖窝了。再好的衣服,都给严胖子糟蹋了。"

严丽妹脖颈粗短,四肢敦实,仿佛一堵墙。她移动过来,包围我,沦陷我,用棉花堆似的胸脯托举我。她身上有黄酒、樟脑丸和海鸥洗发膏的味道。她每周六来打牌。在家喝过泡了黑枣枸杞的黄酒,脸膛红红发光。她说:"我在吃海参。范国强认识一个大连老板娘,做海鲜生意的,每天吃海参,四十多了没一根皱纹。"牌友夸她大衣好看。她说:"范国强在香港买的,纯羊绒,国际名牌。"

是夜,林青霞连连输牌。她再也无法忍受。翌日大早,到香港路爱建公司,买下一块最贵的羊绒料。她将它摊在床上,欣赏抚摸。"我这一辈子,从没穿过这么好的料,得找个最好的裁缝,"在大橱镜前比画,"可以做成长摆的,安娜·卡列尼娜那种式样。腰部收紧一点,穿的时候,头发披下来。"

为搭配想象中的大衣,林青霞买来宝蓝塑料发箍、橘色绒线手套、玫红尼龙围巾。"黑大衣太素了,里头要穿鲜艳颜色。"她挑选七彩夹花马海毛,动手织一件蝙蝠衫。

冬天犹如刮风似的过去,脚趾缝里的冻疮开始作痒。大衣没有做成,林青霞还在编织蝙蝠衫。织着织着,毛衣针搔搔头皮,扯两句闲话。她说年轻时很多人追她。当年的追求者,有的当官了,有的发财了。"萍萍,各人各命。如果换个爹,你早就吃香喝辣了。"

这话或许是真的。顺着她的目光,我看到窗外梧桐叶。新鲜出芽,金闪闪颤动,仿佛一枚一枚婴儿的手。我心里也冻疮一般痒起来。

曾伟明双肩微耸。看得久了,想伸手将它们按平。即使在夏天,他也系紧每粒衣纽,穿齐长裤和玻璃丝袜。他一身机油味儿,走路悄无声息。说话口气总像亏欠了别人。

一天下班,他碰到前同事"王老板",邀至家中吃饭。王老板吊儿郎当,还搞不正当男女关系,后来下海做个体户。在我六岁时,他来做过客,帮忙组装电视机。那时不叫"王老板",叫"小王"。小王买了劣质显像管,电视画面常常倾斜,不时翻出一屏雪花。他捏起我的腮帮,挤成各种形状,还喷我一脸烟臭。

三年后,几乎认不出"小王叔叔"。肥肉在他皮带上,水袋似的滚动。右手中指一枚大方戒,戒面刻着"王强之印"。他逮住我,将戒面戳在我胳膊上。霎时变白,旋即转红,仿佛盖了一方图章。"萍萍长大啦。"算是见面礼。

他又招呼林青霞:"小林,你一点没变,还这么好看。"

林青霞绷着脸,双腿夹住裙摆,翻身靠到床头。

他扭头四顾:"你们家还这么破,"掏出一张票子,"小林,买几瓶啤酒,'光明'牌的。"

林青霞白了一眼,发现是张十元钞票,起身接下,磨蹭地问:"几瓶啊?"

"六七瓶吧。"

林青霞下楼去。

王老板对曾伟明说:"你没把老婆调教好。"

曾伟明讪笑。

那个夜晚,我难以入睡,不停翻身。棕绷床的嘎吱声,被王老板嘶哑了的嗓门盖过。他描述自己生意如何了得。曾伟明耸肩,佝背,一副受冻的样子。啤酒沫在嘴角闪光。听至妙处,小眼睛陡然有神:"小王,你太厉害了。"林青霞也倒了一浅底啤酒,慢慢啜着,盯住王老板的手。那手的食指和无名指,将大方戒拨弄得团团转。

几天以后，王老板出现在牌桌上。林青霞介绍："上海滩数一数二的大老板，做服装生意，以后你们买丝袜找他。"

同事纷纷握手。

一个说："大老板跟我们平民百姓搓小麻将呀。"

"大麻将我也搓，放一炮一万，会计在旁边点钞票。大有大的爽，小有小的乐。"

林青霞说："谁信。"

"没见过世面。"

"呸。"

王老板打开腰包拉链，掷出一叠人民币。"让你见见世面。"

林青霞拍他一下。"钱多砸死人呀？快收好，铺毯子打牌了。"

半夜，张荣梅翻身起床，拖着小脚过来，一胳膊捋乱麻将牌。林青霞推她。她缩到五斗橱边，嘤嘤呜呜。曾伟明肠气雷动，呻吟一声，醒了。"你把我妈怎么啦？"

"老不死的，能把她怎么了。"

劝架的，捡牌的。

王老板掀起绒毯，"不早了，散了吧。改天去我家打。"

"死老太婆，怎么还不死啊，你去死啊，你去死啊，你……"

楼下被吵醒，晾衣叉"咚咚"往上捅。林青霞猛踩两脚，作为回报。"哦，天哪，"她喊，"曾伟明，你这个穷光蛋、窝囊废。我为啥嫁给你，真是瞎了眼。"

屋内霎时安静。众人不知该说什么。曾伟明仰躺着，不出声。面色灰白，身体扁平，胡子新长出来，下巴犹如覆一层苔藓。他看起来像是死了。

日头渐长，林青霞回家渐晚，有时通宵在外。曾伟明开始主动加班。领导见他卖力，多次分派出差。他配了一把房门钥匙，用绒线穿起，挂在我脖颈上。"萍萍，一个人在家，注意安全啊。"

暑期漫长，我睡懒觉，看电视，疯狂长个子。房间显得逼仄了，家具看起来矮小。我的脚掌也变大，必须微微侧斜，才能嵌入梯面。我只在傍晚时分下楼梯。

松木门外，暑气疏淡，满街梧桐叶子的味道。它们熟透了，微微趋于腐朽。路边一溜纳凉人，动也不动。一个女人双脚搭住消防栓。胸腹隆起的两坨肉，将开襟睡裙的纽扣之间，绷出一格格空隙。我幻想着跑去，像狗一样，伏在她的躺椅把手上；还幻想女人直起身，给我一个汗津津的拥抱。

我转了个弯，买一只油墩子，倚着电线杆吃。沿街中药铺，终年散发苦旧味道。穿白大褂的婆婆，将暗红小抽屉推进推出。中药堆在土黄油纸上，方正地裹成一包，用红塑料绳扎紧。"你妈又在外头打麻将呀？"她隐隐透着得意，仿佛班干部抓住同学把柄，准备去告诉老师。

那个半夜，我被闪电的哗哗撕裂声惊醒。窗帘犹如电影屏幕，整块透亮。我发现林青霞坐在床边，低头看我。睫毛在她面颊上，拖出长长的影子。

"妈妈，"我说，"你在外头打麻将吗？"

她挑挑眉毛，似乎诧异，旋即一笑。残损的牙齿，使笑容也残损了。

我们都不说话。雨檐上噼里啪啦。雷声稀落，空气微焦，弥散着汽车尾气般的味道。

"萍萍，晚饭吃啥了？"

"油墩子。"

"在家玩什么呢？"

"折降落伞。"

"什么降落伞？"不待回答，又说，"明天周日，带你去小王叔叔家玩。"

想了一想，才想起"小王叔叔"是谁。

在此之前，我没见过新公房。王老板住新公房。二室户，拥有浴缸、煤气、独用水龙头。最让我艳羡的，还是抽水马桶。林青霞教会我使用。我反锁在卫生间，一次次抽水。水流沿洁白的瓷壁打转，令人愉悦地"突突"着。门外，王老板忽然大笑。笑声吱吱嘎嘎，混杂林青霞的低语。

如果他是我爸，会怎么样？我心尖一扎，跳下马桶，感觉自己是个叛徒。

王老板让我们去卧室。从床头翻出录像带,"咔"地推进放映机。"快来看电影,你们女人喜欢的。女主角也叫林青霞。萍萍,你妈是天下第一美人,这个林青霞是第二美人。"

"呸,瞎说。"妈妈抿嘴一笑。

我扭过头,不看他们。

王老板给我搬来躺椅。他和林青霞坐床沿,起先分处两端,慢慢挨近过去。我将躺椅移至他们面前。王老板说:"萍萍,你去那头。"来搬躺椅。我不动。躺椅挪出一寸。林青霞道:"地板刮坏了。"瞥我一眼,移离王老板。

我很快不再留意他们。电影里的"第二美人",说话像是唱歌。她说"我爱你"时,声音暖洋洋,仿佛在冬天里,戴上了一副绒线手套。在此之前,从没人对我这么说话。

"爱来爱去的电影,小孩子不适合,"妈妈说,"萍萍,坐到窗边去。"

我不动。

"快去,不然关电影了。"她欠起身子。

我慢吞吞移到窗边,面向天井。天井泥土干结,野草蒙灰,被踩成一摊一摊。不知哪儿的风声,若有若无地嘶嘶。闭上眼睛,这风像是刮在旷野。

当我醒来,放映机已成黑屏,王老板和妈妈不知去向,床沿皱出两个屁股印迹。天色极不均匀,深一处,浅一处。空气里有股长日将尽的倦怠。刚才的电影，林青霞哭个不停，似乎还发了疯。我感到难过，仿佛她是生命中至关重要的人。

二

那个夏天被迅速推往记忆深处。妈妈离婚后，被王老板抛弃；又有过几个男人；一个小白脸偷她的身份证，办了很多信用卡；四十五岁生日，她做了肾结石手术；孤身住在老房子，等待遥遥无期的拆迁；她心脏开始出问题，每天给亲友打电话，抱怨打鼾、肩膀痛、消化不良……这些是二舅妈说的。我曾给外甥做家教，每周去他们家。

我和林青霞，一两年见次面。她化妆，烫发，隆重而生疏。

"最近怎样？"我问。

"好极了，"她总是回答，"一切好极了。"

我们聊聊天气和明星八卦。她一个劲问我，她有没有显老，是不是胖了，皱纹明不明显。她开始喜欢韩剧。弄堂口新开音像店，她办一张会员卡，每天租碟看。"我总觉得，什么地方藏着个按钮，轻轻一按，生活会像电视剧似的停住；再一按，倒放到很久以前。"

"倒放回去干嘛，还没活够吗？"我说，"多看韩剧，看着看着，一辈子就过掉了。"

偶尔,她想到问:"你爸好吗?"

"他就那样,老样子。"

"你好吗?"

"我也很好,"我顿了顿,补充道,"真的很好。"

那年毕业,经济不景气。我学文秘,又是大专。每天挤公交,参加招聘会。七个月后,终于找到一份工作,实习月薪五百,转正后八百元。

我向曾伟明借钱,买一套职业装,一双仿皮中跟鞋。朝九晚六,周日休息。工作内容是电话销售。"喂,您好,这里是鼎天下公司。"每天重复几百遍。后排的麻脸女孩,打着打着,突然号啕大哭。听说她是老员工,时间久了有点抑郁。中午,我拒绝同事聚餐。两袋速溶咖啡,一块压缩饼干。躲在隔断板后面,捧着小块口粮,一点一点刨啮,感觉自己像只老鼠。

半年攒了一千块钱,上网找人合租。曾伟明帮我打包搬家,不停嘀咕:"这个不留着吗?有空的时候,也可以回家住。"旋即讪讪一笑,仿佛自知说错了话。他晓得我不喜欢后妈,她曾将我随手放在茶几的书和耳环,从窗口扔出去。

我与一对小情侣合住。老公房湿气绵重,外墙霉败,楼距窄到照不进光。下水道几次堵塞,污水反喷出来。小情侣的床铺,在卧室另一端。我常被他们半夜吵醒。

女孩说:"房间这么小,没办法的。你觉得不爽,自己也去找个男朋友吧。"

于是，我找了个男朋友。

杨光是隔壁电脑公司的。工休时分，常在过道抽烟，并将烟蒂掐在塑钢窗槛上。一天等电梯时，他捂着脸，走向我："美女，有纸巾吗？"鼻血渗出指缝。"天气燥，上火了。"他解释。

这是个多丑的男人！面颊内抠，双耳招风。他的青灰两用衫，是曾伟明年代的式样，大了一号，肩部斜斜塌垂。他手忙脚乱擦鼻血。电梯门打开，关上。我每看他一眼，都像发现新事物似的，重新发现他的丑陋。

交往两个月，我才习惯并肩而行。杨光比我矮，身板也更窄。有人回头看，我就绷起脸，走斜出去。过了片刻，杨光才发现："咦，你怎么到那边去啦。"

我禁止他来办公室找我。楼里碰到，假装不认识。下班后，各自走到街角便利店会合。一日，杨光来我们公司修电脑。同事笑问："听说你们谈朋友了？"我冲口而出："怎么可能，他长得多难看。"俄顷，杨光从里间出来，面无表情经过我的办公桌。我脸红了。

结束工作，天色已晚。路灯光像被冻住，呈现凝滞而寡淡的质地。我走入街角便利店，坐在玻璃窗前，吃一只茶叶蛋。大学时代，我有过男友，偶尔牵牵手，一起上自习。他嫌我冷淡，分手了。我从未对谁说"我爱你"，从未心跳、害羞、思念。谈恋爱就像吃米饭，吃不到会饿，但给一份面条，照样下咽。我和林青霞一样，只是需要别人。而究竟什么是爱呢？

杨光进来了，没头没脑冲向收银台，又折回来。

"你好。"我说。

"你好。"他看着我。

我意识到，下午的话，他听见了。"以为你走了呢。"

"我在等你。"

他买了萝卜、竹轮和煮玉米。出于弥补心理，我挪动屁股，坐近他。我们默默进食，偶尔在窗玻璃倒影里对望，又迅速各自移开视线。吃完，下雨了，雨水黏凉。他陪我回家，忽道："要不，上我那儿去？"我有点意外，但不反感。于是，去了他独租的房子。

避孕套不知在抽屉里预备了多久。他用掉两只，才搞清正反面。被子又潮又薄，雨后的空气，有股烂纸头味道。楼上在弹钢琴，结结巴巴的《土耳其进行曲》。不时停下，嘎嘎拖动琴凳。

我仰面摊着，像和陌生人打完羽毛球，有点累，有点无聊，也无所谓以后打不打。

"原来你也是第一次，"杨光摸摸我，"对不起。"

"你忙你的，别赖在我身边。"我扯开他的手，闭起眼睛。

他套好短裤，坐到电脑前。左脚踩住椅面，整条腿拧成三角。他开始打游戏。肩胛骨状若犁头，在皮肤下滑动。

"我要回去了。"

"为啥呀,这么晚了。"他转动脑袋,耳廓微微颤动。

"衣服晾在外面,想回去看看。"

"可是……"他想了想,"好吧。"

水塘映出残光。通往地铁的方向,商铺渐次熄灯。环卫工人拖着泔水桶,从饭店后门绕出。路边一堆堆等出租的人,像潮气里长出的蘑菇。车辆稀少且慢,仿佛疾驰一天,纷纷懈怠了。

我新买了防水旅游鞋,羽绒服扎扎实实挡风。脚趾干燥,脖颈温暖,齿间有玉米余香。身体的每个部位熨帖不已。杨光走在前方,耸着肩膀,胳膊甩得很开。这是我熟悉的样子。他在越走越远。我蓦然惶恐。"杨光,杨光!"

"怎么啦?"他返身奔向我,"还在疼吗?"背光站停,一脸阴影。

我努力辨别他的五官。不真实感消失了。"没什么。"

杨光抓住我的手。他掌心窄小,犹如动物爪子。"你在笑什么,嫌我丑吗?"

我"咦"一声,不笑了。

他脖颈细伶伶钻出领口。脑袋似一枚风向标,冷风扇打之下,仿佛随时会转动起来。

"我在想我的妈妈,"我缓缓开口,"她叫林青霞,天下第一美人。她从没真正爱过我。"

"林青霞?第一美人?什么意思?"杨光搔搔头皮,"别乱开玩笑，妈妈总是爱孩子的。"

我肺部像被扯了一下，冷空气灌满胸膛。我将自己的手，从他手里抽出。"你真的很丑，你是我见过的最丑的男人。"

入冬以后，我买了两只闹钟。清晨五点，它们此起彼伏尖叫。五点半，又尖叫一轮。我爬起来，擦掉眼垢，将头发随意抓成鬏。兜兜转转，找齐手机、钥匙、围巾、帽子、手套。裹得像个宇航员，下楼买煎饼，边吃边等车。换三辆公交，步行二十分钟。当我到达办公室，重重瘫进椅子，感觉像是经历了漫长劳动，一天该结束了，而不是刚开始。

我暖暖手指，捏起水笔，在密匝匝的电话号码里，随意勾选一个。"喂，您好，这里是鼎天下公司。"

对方劈头骂道："傻逼传销公司，才几点啊。让不让人睡觉。没人操的贱货！"

我压低声音回复："白痴，吃屎去吧！"

整个上午，我烦躁不安。听筒里的"嘟嘟"回铃声，让沉积的屈辱翻涌。我想起有个客户，骂我"生儿子没屁眼"，另一个将话筒贴到音箱边，震得我左耳短暂失聪；还有一个女的，问我是否未婚，接着痛斥小三，"你们这种年轻姑娘，不好好结婚，最喜欢勾搭别人老公！"

我不停喝水、小便，站在厕所窗前发呆。窗外堵满汽车，仿佛一块一块铁皮，静止在传输带上。车里的人物，渺小到面目不清。我幻想着抛弃工作，从生活中飞奔而去，融入这样的渺小。

下午，老板召我去他房间，将劳动手册和打印好的辞职书扔在桌上。"你知道得罪一个客户，损失有多大吗？我看你自己才是白痴、吃屎。"他孵在紫檀大班台后面，眼袋潮红，鼻尖一粒疥子，铿铿发着亮。

我想起房租、记账本、"余额不足"提示。想起后妈的大屁股，以及它在屋里移动时引发的压抑感。但我很快什么都不想。"我想知道，是谁在打我小报告。"

"你有啥资格问，赶紧签字走人。"

"你违反合同法了。"

"当然违反了。去劳动局告我呀，看人家理不理你。"

我感觉颈窝血管嘭嘭直跳。"你是在剥削廉价劳动力，我早就不想做了。"

屋内忽然静极。窗外一记急刹车，橡胶轮胎摩擦地面，制造出嘶哑绵长的声音。

老板说："你这种臭脾气，以后会吃大亏的。"

铝合金包边的塑料屏风隔断板，将办公室割成十来格。我从老板房间出来，走向曾经属于自己的那格。同事都在打电话。有一两个撩起眼皮，又迅速下垂，仿佛没有看见。

门口打卡机，机身发了黑。摸一下，油腻腻的。我感到惆怅，仿佛真跟这份工作有感情似的。出门，拐弯，等电梯。层层停顿的指示灯，使我产生难忍的尿意。我将塑料袋放在地上。一只密胺马克杯滚出来，杯沿沾满咖啡渍。我没去拾它。

电梯到了，杨光出来。两人同时"啊"一声。自从那晚离开他家，已有一周不联系。

"你好。"我说。

"嗯……好久不见。"

"我失业了。"

"哦……怎么啦？"他似觉语气不够关心，挑起眉毛，又问一遍，"怎么啦？"

"一个客户骂我。"

"挨骂很正常啊。"

"我想有些尊严。"

"尊严？什么意思？你真为一点屁事辞职了？工作多难找，想想你在网上投了多少简历，除了垃圾邮件，有谁理过你？"他一口气说着，目光越过我的肩膀，直射到身后墙面。

"再见。"我踢了一脚。马克杯咣啷滚进角落。

"再见什么？喂——"

电梯"叮"一声。我疾闪进去，以失重般的速度下降。

大楼外，风从每个衣物缺口袭击我。脚掌被冻得硬邦邦。街边没有红绿灯。梧桐的秃影子，将路面染成黑白相杂。黑与白中，带着蒙蒙的灰，盯得久了，形状模糊，竟似在看老照片。无数人和车，在照片内外穿梭。他们都是陌生的，晃眼而过,永不再见。

马路对面有家台式咖啡馆。我想象自己孤零零搅拌咖啡。掏出手机,翻一遍通讯录,又翻短信。林青霞前天发来一条:"萍萍有空和妈妈谈谈吗妈妈这两天心脏不舒服像是快死了你什么时候有空啊随时告诉我我们谈谈好吗妈"她的短信都是连刀块格式,显出气急败坏的架势。她曾经解释,找不到手机里的标点符号键。

我经过咖啡馆,返回去,折过来,停下给林青霞回短信。"现在有空见面吗?"我将地址店名发给她。她住得不远。

咖啡馆里,只有一对中年男女,手捏着手,并排坐在有挂帘的小隔间。女人眉毛绣得黑细,发卷密密贴住头皮,像一堆新刨的木花。我挑对角位置坐下,要了一杯拿铁。

站在门边的服务员,戴一顶兔女郎绒线帽。兔耳朵发软,从帽顶垂到眼睛。她不停伸手去捋。我焦躁起来,高喊"服务员"。

她懒洋洋"嗳"一声。"稍等,咖啡马上来。"

拿出手机,林青霞没有回复。我补写一条短信:"是你说要见面的。我工作一直很忙,今天恰巧有空。"发送完毕,看到男人准备买单。将女人的手搁在自己大腿上,掏出钱包,数完钞票,又赶忙抓住那手。女人扭头笑。从侧面看,她颧骨微凸,有点像林青霞。

咖啡焦苦,奶泡稀薄。我倒入三份白糖,将搅拌勺插到杯底。又从包里取出小圆镜，审视黑眼圈和法令纹。林青霞是个在意外貌的人。我至今记得，六岁患痢疾时，她揉着我的脸说："萍萍瘦啦，变好看啦，像我女儿了。"此后几个月，我天天盼望拉肚子。

我理顺刘海，捋平拱起的头发。是的，我不像林青霞。方脸，圆鼻，双目窄小。但又如何？一个人的好运气，不该浪费在容貌上。我重新打乱头发，对着空气，挑衅地撇撇嘴。忽然不能确定，是否想见林青霞。拿出手机，又发一条信息："你是不是没空？我也正好临时有安排。改天再聚。"

付了钱，走出咖啡馆，看到刚才的中年女人，独自在马路对面。似乎踩到狗屎，抬起一只脚，蹭着电线杆。背包滑落，她耸起肩膀，勾住背包。购物袋又掉，她弯腰去捡。背包散开口子，物品撒了一地。

她不再是中年女人，更像一个动作迟钝的小老太。年复一年，岁月往她们身上堆叠脂肪，将她们的皮囊拉松扯皱，让她们的胳肢窝变得臭烘烘。我觉得可笑，笑得流眼泪。热的眼泪，在面颊上迅速变凉。我返回咖啡馆，冲戴兔女郎绒线帽的服务员喊道："来两杯拿铁。"

我端坐，等待着。我相信她会来。林青霞，我并不害怕她。

写于 2013 年 9 月 23 日星期一

阳　间

泰安聂鹏云,与妻某,鱼水甚谐。妻遘疾卒,聂坐卧悲思,忽忽若失。一夕独坐,妻忽排扉入,聂惊问:"何来?"笑云:"妾已鬼矣。感君悼念,哀白地下主者,聊与作幽会。"

——《聊斋·鬼妻》

一

小时候,奶奶告诉我:人肩头有两盏灯,走夜路时,灯亮着,暗处游荡的鬼就不敢近身。听见有人叫你名字,千万不能回头；一回头，灯就灭了，鬼就会索了你的命去。

所以小时走夜路，心里害怕，脚下飞快，无论如何也不回头。一次，小男孩晖从背后猛拍我肩，我惊叫起来。我听见自己的叫声，像是从另一个人的胸腔里传出来的，陌生、尖锐。我被自己吓着了。晖愣愣站在我身后，呆了半晌，突然"哇"地哭起来。

这以后很长时间，哪怕在大太阳底下，我都缺乏安全感。肩头被晖拍过的地方，一跳一跳发烫。我走路心不在焉，东张西望，脚下还打着绊。好像在每个楼梯或通道转弯处，都有人要从后面上来勒我脖子，或者用蒲扇一样的手把我肩头的灯扑灭。

后来小男孩晖死了。听大人说，他肺里冒出很多脓水。他被送进医院，吃了很多昂贵的药，还被剃光头发，插满管子，在各种仪器下照来照去。可他最后还是死了。死的时候瘦得只剩骨头，胸部却高高凸起。医生说，那是种怪毛病，医书上没有的。

我见了他最后一面。我躲在很远处，看他胸脯艰难地一起一伏。他妈妈庞大的身躯扑在病床边，她已筋疲力尽，倾家荡产。

我连着好几晚噩梦，梦里晖从后面冲上来猛拍我肩。我想我是幸运的，肩上的灯被扑灭，就必须得有人死。晖一定是走夜路极不小心。

《聊斋》里说：鬼也会死，鬼死后变成聻。聻很怕鬼，情形约摸就像客人鬼怕人那样。于是我想：为什么鬼会怕人呢？鬼不是可以轻易弄灭人肩头的灯，让人也变成鬼吗？我还从这本叫《聊斋》的书上读到，索命的方法有很多种：落水鬼从水里伸出手来把人拖下水；恶鬼附在活人身上，占据活人的躯壳；更有阴险一点的鬼，就让你灵魂出窍，疯癫而死。

不过心怀叵测的，通常是男性的鬼。《聊斋》里还有很多女鬼。她们或美丽，或善良，或者美丽又善良。比如《鬼妻》这个故事：一个人的妻子死了变成鬼，因怕他忧伤寂寞，就夜夜从坟里跑出来陪他。可后来男人家里嫌弃女鬼了，就又物色新妇，还在女鬼坟上施法，让她再不能跑出来。

蒲松龄似乎没太在意这男人的态度，只说他"并不敢左右袒"。我想，他也一定巴望鬼妻不再来烦自己呢。一则"妻不如新"，二则人鬼阴阳相隔，每晚搂着个鬼睡觉，就算面容身段再熟悉，冰凉的触感还是叫人后怕的。

于是我想，做鬼不好，做鬼就不能享受人的乐趣，尤其是做弃妇般的女鬼，就更是不好。但没人会同情这种不好，鬼属于一个更为肮脏低贱的世界，善男信女们完全可以心安理得地漠视。

《聊斋》里有《聂小倩》，我读了印象很深。长大后才发现，对这故事感兴趣的大有人在。聂小倩是二十世纪的明星，她被搬上荧幕，制成各种节目。导演们找来风情各异的美人，把特技镜头使得天花乱坠，最后再催一下情，非得逼下观众们的廉价眼泪。

接着是小说家们，一遍一遍改写故事：有人把聂小倩写成妓女，有人把宁采臣塑造为无情无义之徒，或者再加一个男鬼或女鬼，让他们来个人鬼三角恋。在某位先锋小说家手里，后现代版的聂小倩成了浓妆艳抹的时髦女郎，套着黑色网眼丝袜招摇过市，而宁采臣则是花花公子，每晚骑摩托上街勾搭女青年。

我试图想象二十世纪的聂小倩，这种想象依据心境和各类突发奇想而变，因此在我心中，小倩的形象始终无法确认。人只有一副面孔，鬼却可以有很多。鬼在每次轮回中，都拥有不一样的肉体，变成不同的人，甚至是动物。这些可能性让人浮想联翩。

我揣摩了所有关于聂小倩的现代作品。我不喜欢王祖贤，腿儿长长，嘴巴宽宽，眼神一飘一飘。小倩是极致的美，而王祖贤不是，在世的任何女人都不是。当我们说到极致，事物就变得无法表述。极致的美、极致的丑、极致的善与恶，它们属于某种信念，永远是无形的，不可测的。

二

晖是我的童年小伙伴，我们两家有些渊源。他妈和我妈是远房亲戚，我爸和他爸则是业务伙伴。我爸做小商品批发，他爸是长途司机，他们一起搭档去外地。晖死后一星期，他母亲在家上吊了。我没见到当时场景，但那一定很恐怖，像鬼书里说的：眼睛翻白，红舌头拖得老长。女人被抬出来时，我站在自家门口，二十米开外，我看见她衣服一角被风撩起，还有一只手，指头灰突突地卷成一卷。

死了儿子又死老婆，还欠了一屁股债，晖的父亲躲在门后面狠狠抽烟。后来听说他抽起一种比烟更厉害的东西，再后来他就坐牢了。

据说是很多穿制服的人把他抓走的。那天我正在上课，放学后才发现小伙伴家的屋子空了。那晚我做怪梦，梦见晖，他站在一级悬空的台阶上，要来伸手拍我肩，我不答应，他就哭起来。我安慰他，他又突然不哭了，拉着我的手和我说话。

他告诉我，一次出车去外地，他爸撞了一个农村女孩，压伤了她的手脚。他爸担心赔不起钱，就把她扔进河里。

这是报应，晖说，她是活活淹死的，现在要来索命了。

我被吓醒，晖的胸开始气球似的鼓起来，喉咙口"咕咚咕咚"向外冒泡。

"日有所思，夜有所梦，"妈妈说，"昨晚电视新闻里就有这样的事儿，我担心你是看多了。"

她把哭个没完的我拉进怀里。妈妈的胸，热的、暖的。我躺着很舒服，就不再想晖了。昨晚电视新闻里，记者指着一条脏兮兮的河说个没完，旁边围了不少人，个个很愤怒的模样。很多人淹死了，很多人还活着。但这都和我没关系。我只想着晖，他就站在我身后，他在冒气泡，他要来拍灭我肩上的灯。

"妈妈，妈妈，人死了会到哪里去？"

妈妈轻抚我背："人死了要到很远很远的地方去。"

于是我愁苦地想那很远的地方。我知道它在地图上找不着。地图是给人看的，所以鬼去的地方地图上没有。晖该走出很远了吧，他为什么还要来找我？晖和他的爸爸、妈妈生前是一家，死后该是发配到不同地方去吧。那些地方都很远，但是在不同方向上的远。道路分岔，归宿不同。他们喝下孟婆汤，就互相忘记了。

"妈妈，你会忘记我吗？"我抱紧她。

"说什么呀你在，"她笑了，"傻，傻丫头。"

"我不要到很远很远的地方去。"

"不会的，"妈妈把我整个人轻轻摇晃，"无论你到哪里，妈妈都会找到你。"

后来爸爸告诉我一件事：在我很小的时候，曾经吃错药，送到医院时已不哭不闹，两眼直愣愣，满嘴白沫子。医生们都说这孩子保不住。可我妈不信，没日没夜守在床边，一直握着我的手，哪怕是趴着睡了也那么紧握着。后来我竟真的醒转来，两个月后健健康康出院。

用奶奶的说法是：我的魂没跑掉，被我妈守住了。自那以后,妈妈吃饭时抱着我,睡觉时抱着我,把我紧贴胸口,一步也不离,直到我能爬能走能说话。

这事我听过很多遍,爸爸说过,小姨说过,奶奶也说过。于是我就信了妈妈的话:无论我到哪里,妈妈总能把我找到。能守得住魂,就更能守得住身。

妈妈确实有能耐,她把我从任何隐秘的藏身处揪出来。比如放学调皮,无论在哪条七绕八弯的巷子里玩,妈妈总是双手叉腰,突然横在我面前。她还会跑到我同学家窗下喊:"丫头,吃晚饭啦——"嗓门亮得隔两条弄堂都能听见。

偶尔妈妈没来找我,可能是加班或者别的原因。我就在附近的小弄堂玩,泥巴、蚯蚓、弹弓、树枝,如果天不暗,就一直玩下去,哪怕只剩我一个。

但天还是暗了,阴森森的墨蓝从四面八方围拢,窄小的弄堂变成巨兽的肠胃,开始在我脚下蠕动。这时我就害怕,就开始想念妈妈。我只在需要时想念她。我飞跑起来,越跑越害怕。晖会从哪个角落窜出来,扑灭我肩头的灯;还有他妈妈,翻白着眼,把红舌头拖到我面前。

我终于想起我的幸福。我高声喊:"妈妈——"那扇叫作妈妈的门就开了,橘红的光亮把我一下裹进去。

三

我至今记得晖临死的样子,整个脸都在浮肿。他母亲伏在他身上，已经没气力再哭。她嘴角瘦出一圈圈的皱纹，眼睛里全是血丝。

晖的妈妈曾是个很凶的胖女人，我帮着晖一起恨过她。但看见那女人软绵绵地伏在儿子床边，我就开始犯糊涂。在我印象中，做妈妈的天底下最凶狠，她们不让你尽性吃、尽性玩，她们审查你的每个朋友，缠着你做完每本作业，并且最最见不得你开心。

从医院回来，我紧拽自己妈妈的手。走两步，就抬头看看她。

"看什么看。"她说。

我仍偷偷看她。我第一次发现她的体香，头油和护手霜，夹杂冬日绒线衫的味道，淡淡的，闻着很暖和。

平日里，我并不十分喜欢我妈。她的衣服有油腻味，她扇在我脸上的巴掌总是很重。相对而言，我喜欢好脾气的爸爸，还有爱说故事的奶奶。

如果有人问我："喜欢爸爸，还是喜欢妈妈？"

我就大声说："我喜欢爸爸，不喜欢妈妈。"

我很得意让她听见，这时她的脸色会很难看，并在围兜里来回搓她粗糙的手。我不怕她，叔叔阿姨们会保护我，他们笑道："小孩子不懂事，说着玩儿的。"

我是认真的。我只偶尔喜欢我妈，比如想起幼年生病将死那件事，或者半夜噩梦惊醒被她抱着。妈妈应该是温柔的、百依百顺的。可我的妈妈却脾气暴躁，说话尖嗓子，笑得很大声。最令我难堪的是她一边晒被子，一边和邻居讨论我的尿床。在这时候，我就恨她。为了报复，我把我的蚕宝宝放进她煮菜的锅里，当然事后是挨了打的。

这都是童年的事了。妈妈在我十岁时过世。那是个星期天，她一早出门，说要买菜，中午时分却在一棵桑树下被人发现。她死得很难看，头朝下，倒栽葱，整个人贴在树干上，两条白花花的小腿从宽大的睡裤下露出来。菜篮子甩在十几米外，刚买的鲜鱼还在地上蹦。

这条路平时极少有人走，去菜场也不会路过那里。邻里传得厉害，有人说我妈是用她的命偿了我的命——我幼时吃错药那次，阳寿就该尽了的。但更多人相信另一种说法，那就是我妈白天撞见了鬼。两年前有个小乞丐，躲在桑树冠里乘凉，不小心掉下来摔死了。他们说，暴死鬼只有找到替身，才能有机会投生。

奶奶在屋里念了很多天佛，爸爸和小姨给妈妈折了纸元宝，盖了纸房子。他们把纸元宝纸房子统统烧掉，还请隔壁老头来念了两天咒。据说那老头有些仙气。我横看竖看，除了满脸老人斑，什么都没看出来。

"宁可信其有，不可信其无。"爸爸说。

他那么说着我就哭了。我从没想过妈妈要死，更没想过自己会如此难过。

晚上翻来覆去睡不着，流泪流得眼睛疼。这时就看见妈妈坐在床边。床上铺了暗黄格子的床沿，她的大屁股在床沿上压出一个浅浅的轮廓。妈妈来抱我，还把我摇来晃去。我闭眼躺着，舒服极了。

"以后妈妈再不能抱你了。"

于是我又流眼泪。

妈妈把我放回枕头上，然后将那条暗黄床沿掀起来。我发现那下面铺满新鲜桑叶，水珠在月光下滴溜溜转，满屋子好闻的植物味道。

"妈妈给你采桑叶了呢，够蚕宝宝吃的了。"

桑叶不断往外冒，铺满整张床，还涌到地板上。桌上的小盒子里，我的蚕宝宝饿得"嘶嘶"叫。我跳下床，跑去喂它们。待到突然想起，妈妈早已不见了。

第二天我把这事告诉爸爸。他拍拍我脑袋，把我抱起来。我知道，他不信我，他宁愿相信桑树上的索命鬼。

"日有所思，夜有所梦。"爸爸说。

可这不是梦，我看见妈妈了。她坐在床沿上，抱着我，月亮光给她打出个大大的金轮廓。还有盒子里的蚕宝宝作证，它们肚子大了一圈，身子长了一截，有两条还结出了茧。

但时间慢慢过去，我就想不确切，做证的蚕们也早死了。我开始怀疑自己的记忆，却仍收着变出桑叶的黄布床沿。那块布是妈妈出嫁时外婆给的，本来做窗帘，后来有了我，就改成床沿，免得我的脏裤子弄污床单。

我把那布藏在樟木箱底。二十岁时搬新家，箱子在路上不见了。

"里面都是没用的旧东西，就让它去吧。"爸爸说。他数了数卡车上的重要家具，一件没少。他放心了。

我又把搬家车走过的路重走两遍。樟木箱是真的掉了。那以后我再没梦见过我妈。我想她是留恋住了大半辈子的老家，不愿搬走吧。

四

一个人死后是孤独的，因为他无法让周围的人看见他，而鬼和鬼之间也不愿意沟通。一到傍晚，鬼就出来魂游，男男女女大大小小的鬼。他们从彼此的身体里穿过，从各种建筑物和活人的体内穿过。他们不说话，也很少交流。鬼在它们的世界里孤零零的，它们没有我们人所谓的社会。最孤独的是情鬼，它们所有的牵挂都在阳间。它们喜欢躲在角落里，默默注视那个舍不得的人，看他或她乘班车回家、吃饭、睡觉、跟别的女人或者男人上床。

于是鬼的心就碎了，像塑料薄膜那样，"嘶"地破了一条口子，看不见的液体一柱一柱往外喷。如果有人被这液体射中，就会成为情种，为情所困，愁肠百结。情种中的一些成了诗人，心思敏感，触觉细腻，他们容易被爱情击倒。

还有一个传说是，人死了也可以选择不做鬼，他们把灵魂附在一件物品上。手中的杯子脚底的鞋，都可能藏着一个人的魂。这些魂魄能思想，还会在空气里飘来飘去，有固定的出游时间，就像阳间放风那样，在陌生或者熟悉的空间里东张西望，茫然不知所之。

当然，这类魂魄在城里极少，因为阳气太重，浊气也太重，鬼和魂魄都会受不了。

大多数鬼是善良的，因为它们除了自身的无形存在，就不再拥有他物。没了占有欲，鬼就变得善良。不过有的鬼心怀仇恨，他们生前被人辜负，死后就结成怨气，变得疯狂。如果这个鬼死了，怨气还会消散开来，粘附到活人身上，这个人就变得很邪恶。

我曾为此写过一个鬼故事。就像你一生中听到的其他鬼故事那样，题材老掉牙，还试图塞给你善恶相报的陈腐道理。但不同的是，它不是编出来吓小孩的，也不是坐在路边听来的。它是我的故事，绝对真实，所以，你一定要听。

那是个大雨夜，通常鬼故事都发生在大雨夜。

一辆卡车往北开。它出市中心，经老城区，过小郊县，到达一个村落。车上两男人，一个开车，一个运货。司机很熟悉这条道，十几年里来回了上百次。上次是六个月前，他酒后驾车，撞上河边的一棵树。之后他说这路晦气，宁愿往东北绕个大圈子，经由邻郊，再折向北方。但这晚大雨，他又喝多了，开得兴起，忘了忌讳。

突然车子停住不动。旁边运货的感觉前轮颠了颠，卡在什么东西上。他也喝了酒，但不多。司机咕哝着下车，俄顷钻回驾驶室，他完全清醒了。

"撞、撞了一人，是个小女孩。"他惨白的脸被雨水划出一条条的。

"那快救人吧。"运货的急了，想下车。司机拉住他。

"手脚都压断了。估计咱两家全搭进去，也未必赔得起。"

"有那么严重？"运货的问，开门的动作停下来。

"你是小本生意，我也只是搞搞运输，能有多少钱。"

运货的将手从车把上悄悄挪开。

"而且，她只是个村姑。"

你看我，我看你。

"那……"

"那……"

片刻不说话。

"旁边有条河，"开车的又道，"我上次就撞在河边那棵树上。"他用手一指，正好一道闪电，运货的看清了树，也看见了河。

"那……我们就……"

开车的松了口气,点点头。

他们合力把女孩抬起来。雨小了一些,女孩在哼哼,断了的手脚抽搐着。

"快,快。"

淋了雨的躯体重极了,他们将她顺着河沿滚下去。

"咕咚"一下,四周突然安静了。只有雨点疯狂击打树枝、田地和车顶。

这件事连他们的老婆都不知道。之后不久,司机的儿子突然暴毙。又过很多年,运货人的女儿也死了,时年二十岁,和抛到河里的村姑年龄相仿。她当时在路上走,突然被一辆卡车迎面撞上。

对,故事就是这样。你应该知道,我就是运货人的女儿。在寻找樟木箱的路上,我突然成了一只鬼。从人变鬼仅仅一瞬间,身子一松,来不及想,魂魄就飘起来。我看见血、自己的身体,还有卡车司机惨白的脸。四周的景物半透明。

这时,一个同类飘过来。她似乎在路边守候许久了,就等着卡车撞我那一刻。

这个同类是女鬼,断了一臂一腿。她腆着大肚子,蓬头垢面站在我面前。

你知道这孩子是谁的吗?女鬼指指自己的肚子。

我摇头。我突然知道她是谁了。

"他当时认出我来啦,"她说,"那次他把车撞到树上,我就在旁边。他从车上摇摇晃晃下来时,还醉着酒呢,但他知道自己做了什么。"

"你要看吗?你要看吗?"女鬼说,"看那个孩子。"

"我不要看,我不要看。"

女鬼不理我,将手伸进肚子,白花花的肠子就给她抓出来。抓呀抓,肠子把周围的地面盘满后,就热腾腾地飘到半空中。

在肠子的末端,我终于看见那个小孩。奇大的脑门从她肚子里钻出来,没有眼睛没有嘴,光秃秃的脑门像鸭蛋。女鬼大笑,路边的叶子瑟瑟颤抖,我在地上的尸体的衣服也瑟瑟颤抖。胎儿的脑袋一点一点露出来。

"孩子孩子,"女鬼拍拍那只脑袋,"我要告诉你一个鬼故事。它是你的故事,绝对真实,所以,你一定要听。"

初写于 2000 年 8 月 16 日
再改于 2003 年 7 月 29 日

换肾记

前一日,梁真宝喝多了水。

妻子陈佩佩曾用一片口香糖哄他,"多嚼嚼,就不渴了。"他背着她,把口香糖粘在桌板底部,又跑去厨房,灌下两杯白开水。他感觉自己像个突然获释的重刑犯,不安与期待,胀住整个胸膛,须得放纵一下不可。

他捏着空水杯,感觉身体里的水,沿了胫股,汇至双脚。脚掌宛如胀满的皮囊,沉甸甸的,一摁一坑,久久不退。他用抹布擦干杯子,放回原处。拖着两条腿,坐到方桌前,戴起棉纱手套,搔挠身上的痒处。日渐灰黄的皮肤,像是覆了一层尿色。背部、腿臂、胸脯,长满小红疙瘩,一个都不能抓破。他挠得专心谨慎，仿佛从事什么精密工作。其间，他数次起身，把体重秤从大橱底下踢出来。陈佩佩闻声过来，给秤归了零，扶他站好，又跪在地上看刻度，"怎么涨了一斤。"

最难忍受的，是入暮时分。窗户对面的高楼，在金红色夕阳里，回光返照般亮起来，继而转淡，轮廓模糊，最终消匿于黑暗。梁真宝感觉自己将赴刑场。夜晚要来了，当他躺在床上，身体里的水分，会从脚底返流而上，均匀摊平，仿佛他是一只被放倒的闷罐子。周身似有无数小虫蠕爬。他每次都叫醒妻子，诉苦、哭泣、咒骂，让她陪自己失眠。"我感觉马上要死了。"他会说。

这种时候，陈佩佩总要逼问，是否偷偷喝水了，或者吃了她藏在顶柜里的水果。他否认再三，又承认下来。陈佩佩拿指甲弹叩他的脑门，用教育儿童的口气说："快三十岁了，还管不住自己。"

"透析室的老刘，经常吃方便面，十几年过去，还好好的。"

"你的目标不是十几年，是四十年，五十年。只要坚持透析，保持良好生活习惯，不会有大问题。"她每次如此说，流利得犹如背书。他每次都像第一次听，捏牢她的手，说一句，摁一记。

听罢，他会说："有个肾就好了。"

"求求严素芬去。"

"求过了。"

"再去求求。"

话头便转到严素芬身上,说着说着骂起来。困到骂不动了,才作罢。

是夜,他们没有谈及严素芬。陈佩佩甚至不逼问丈夫,是否偷吃偷喝了,也不指责或安慰他。只说:"熬一熬就好,明天就好。"

梁真宝在黑暗中点头,"明天就好了,明天肯定会好吧?"

"睡好了,就会好。"陈佩佩拉扯被子,调整姿势。

梁真宝意犹不尽,想多聊几句,"上个礼拜看到你吃橘子,香是香得来。我馋不过,偷吃两瓣。心悸了好几天,浑身没力道。不敢告诉你。"

"你以为我不晓得吗。买回来的东西,我都算过只数的。"

"真的假的呀。"

陈佩佩不答,旋而起了鼾。鼾声过分响亮,犹如一匹奔跑过后的马,在张着鼻孔喷气。他疑心她假睡,等了等。将被子堆给她,下床走去北房间。

梁真宝在房外站立片刻,打开一道门缝,探入脑袋。他闻到老年人气味,宛若隔夜肉食一般,微微腐朽的气味。没有鼾声,没有腹鸣声,甚至没有呼吸声。唯有一台老式"三五"座钟,咔嗒咔嗒,每秒都似有一把小铡刀落下。有那么一秒,梁真宝以为母亲不在房内。他经常梦见母亲消失,半夜惊醒了,便要过来张一张。

"妈，妈。"梁真宝轻唤，将门缝推大，又摸摸索索开了灯。床上无人，枕头歪斜，褥子凹出一个短小的人形。梁真宝捽住门框，又喊，"妈。"

"阿宝，"他听见母亲在身后，"我没有逃跑，我去厕所间了。"

梁真宝抹抹眼睛，扭过头去。

"我晓得你不放心，经常夜里厢过来监视我。"

"不是的，我半夜困不着，随便晃晃。"

"房门锁死了，能跑到哪里去。再不放心，用手铐铐牢我算了。"

"不怪我，不是我的意思。"

"阿宝阿宝，你是啥意思，我也拎得清。这许多日脚，你跟我讲过贴心话没有。永远是同一句话，翻来覆去千百遍。现在你满意了，总算不来烦我。"

过去三年多，梁真宝见了严素芬，便叨念："妈，我想要个肾。"口气仿佛在说，我要一个铅笔盒，或者，我要一个新手机。严素芬自小在每件事上满足他，除了这一件，"不行，我没有。""你有的，你有两个。""我会死掉的。"

有那么几次，梁真宝透析归来，双腿抽搐不已。严素芬用毛巾为他热敷，将他双腿搂在怀中按摩。陈佩佩道："妈，他只要一个肾。"严素芬涕泪齐流，"不行，我会死的。"

陈佩佩从网上打印了资料,论证人类少一个肾,照样活蹦乱跳。严素芬戴了老花镜,认真研读。梁真宝道:"妈,我想要个肾。"严素芬收拢眼镜,挂在围兜上,饺子皮似的招风耳,在脑袋两侧微微一颤,"我生你的辰光差点死掉,还想我为你死一次吗。"

"不会死的,怎么会死,"陈佩佩拿出自己的配型报告,插到婆婆面前,一页页地翻,"我跟你儿子没啥血缘关系,都想送他个肾,可惜老天爷不给机会。"严素芬咬了嘴唇,憋红了脖颈,面孔躲来躲去。陈佩佩睃她几眼,拍着那叠纸,跌足道:"哪个当妈的有你自私,看到儿子吃苦头,不肯出手帮一帮。"她嚎得胸腔起回音,身体一抽一抽的。严素芬擦擦她飞溅过来的泪水,也哭起来。陈佩佩见状,反倒眼泪一收,抹了面,对丈夫道:"你妈再不讲理,我就跟你离婚。"

梁真宝道:"妈,佩佩要跟我离婚。"

严素芬道:"她不会离的。结婚的辰光,梁家送过三十万礼金,他们陈家还不起。再说她的上海户口,还是我们给的呢。"

梁真宝嚅嚅嘴,不说话。

陈佩佩的眼睛,抽缩成倒三角,"难道我是你家用钱买来的吗,上海户口了不起啊。老太婆,一只脚踏进棺材了,还越活越来劲。人总要死的,难道不死吗。真宝他爸怎就瞎眼娶了你,怪不得被你早早气死。真宝,你说是吧。"

梁真宝眼眶濡湿了，叹气道："我不晓得，我要死了。"拖着两只脚，走去卧室，关上门。门外，婆媳愈发喧起来，一来一往，调门攀高，彼此碾压，在梁真宝耳中嗡成一片噪声。继而疲沓下来，趋于安静。有人打开电视机。电视里，又有男女争吵哭泣，间杂了哀乐似的插曲。厨房里砰一记，似有碗盏跌碎。哗啷啷挪动桌椅。梁真宝感觉有一道黑幕，垂落在自己与整个世界间。又仿佛自己退缩成了婴儿，所有响动听起来不可理喻。

约莫半年前，严素芬出走过，住去女儿家。陈佩佩携了梁真宝，上门将她讨要回来。严素芬对女儿说："他们想把我绑到医院，挖掉我的腰子，你也不肯救救我。"梁带娣说："你从来心里只有儿子，出了事体才想到我。或者你让一步，去医院做个检查，费用终归我来出。别太担心了，换肾是有讲究的，亲生的也未必配得上。你老住在我这里，不是个办法。我房间小，搭了折叠床，转身都没地方。"

严素芬哭一场，跟了儿子回家。等待检查的日子里，陈佩佩天天为她买鸽子。严素芬说胃口差，吃不下。

陈佩佩道："你不是最爱吃鸽子吗，常说一鸽胜九鸡。"

严素芬道："我又不是猪，喂得肥肥的，好送去杀了是吧。"

陈佩佩忍了火气，不与她争。严素芬半夜起床，摸到厨房，吃掉早已冷却的鸽子，喝光凝了油脂的汤，用草纸裹起筋骨皮杂,扔出窗户。翌日,她赶了早,到玉佛寺烧香求签。三次都是上上签。她定下心来。

检查过后,等了十五天。陈佩佩一早去领报告。严素芬在家看看电视,敲敲胆经,又温习广场舞。梁真宝道:"妈,你晃来晃去,晃得我头昏。"

"啥人叫你看牢我,做你自己的事体去。"

"我能做啥事体。佩佩不许我打游戏,电脑手机都没收了。"

"好了好了,我也是心里烦躁,随便寻点事体做做。等一歇帮你揩身。"

"我不要,皮肤痒。"

"晓得你皮肤痒,我特地求了个中药方子,揩了就不痒了。"

"我没心情。"

"别瞎想八想了,老天爷会帮我们,我去庙里烧过香的。"

严素芬用苦参、防风、当归煎了水,往浴缸里灌。手机铃声响。她擦干手,往北房间去。梁真宝赶在她前面,吼道:"快接快接,肯定是佩佩。"严素芬从五斗橱的第三格抽屉里,取出她的翻盖机,接了,听得那厢轻微啜泣。"佩佩吗,还在医院吗,报告哪能讲,没事的,好好讲,别太难过了。"

"妈,谢谢你,拜托你。"

"啥意思。"

"你能配上五个点。医生说,真宝以后排异反应会很小。喂喂,在听吗,让真宝接电话。"

梁真宝夺过电话,不及言说,哽咽起来。小夫妻对哭一晌,梁真宝道:"你快回来,打的回来,今朝不要舍不得钞票。"放下手机,不见了严素芬,便"妈,妈"地喊,到处找。

严素芬在卫生间,靠着浴缸,木木然盯住半缸淡黄的水。水面腾起一股子药味,熏得梁真宝打喷嚏。"我要去带娣家,"严素芬一字一顿道,"这里待不下去。"

梁真宝掩了卫生间的门,后背压住门板。

严素芬又道:"国家法律规定了的,必须自愿捐肾,你们不能强迫我。"

"你不自愿吗,那干嘛检查,花掉两万多块钱。"

"是你们逼我检查。"

"是你自己同意的。"

"我们两个都会死在手术台上。"

"不会的,我们找最好的医生。佩佩以前有个学生家长,是肾内科主任,留过洋的,全国有名。佩佩早就联系上,人家愿意帮忙。一直就只缺个肾。"

"我就晓得是陈佩佩。阿宝,别听她挑唆。很多人换了肾,反倒活不过一两年。我年纪也大了,身体里拿掉一件大家生,还哪能过日脚。你爸死得早,我养大你和带娣,吃了多少苦。好不容易熬出头,宝贝儿子却望我翘辫子。"

梁真宝无言以对,捂住后腰,缩矮下去,"我要死了,我要死了。"

严素芬撑几撑,站起来,想绕过儿子,去拉卫生间的门。左挪右让,绕不过去,便坐到马桶盖上,也捂住后腰。仿佛那里头的肾,已被拿走了似的。

母子对峙到陈佩佩回家。严素芬做好吵架准备。陈佩佩没有吵,冲进北房间,抄走严素芬的手机、存折、身份证、户口簿、房产证。严素芬揪她头发,抓她手,用两只松软的拳头捶她。陈佩佩将她推到床上,关了门,在球形门锁芯里,插一根拉直的回形针。拽了梁真宝回南房间。

梁真宝道:"你忒凶了吧,她毕竟是我妈。"

陈佩佩道:"是啊,你妈最亲。从你生了毛病,她出过多少力啦。就我整天围着你转,转到啥时候去。"

"佩佩,我晓得你受苦。以前我不懂事体,整天打游戏。以后身体好起来了,一定弥补你。帮你做家务,给你买漂亮衣服,和你去欧洲旅游。"

"我还要生个孩子。"

"那就生个女儿,更体贴父母。"

"我们年轻,生活没开始呢。不像那老太婆,啥都经历过,现在就是吃饭拉屎,天天等死。我早猜她会反悔。从不拜菩萨的,突然跑到玉佛寺。我才不怕呢,我去静安寺烧过三次香,还在功德箱里捐了五千块。静安寺比玉佛寺灵验,我又那么心诚，舍得花钱，菩萨肯定保佑我们。你看，果然配型配上了。"

"配上了也没用。"

"那就关着她，关到有用为止。"

"不大好吧，阿姐那里哪能交代。"

"梁带娣巴不得老太婆消失。老太婆每次找她，都是问她要钱。"

梁真宝不言语，坐到桌前，顾自搔起痒来。陈佩佩出去买了把链子锁，绕在自焊的铁门上。用蜡线串起钥匙，挂在脖颈里。这才拔了锁芯里的回形针，放出严素芬。

严素芬早已哭得满面发红，提了一袋替换衣裤，径直往外走。开防盗门，开铁门，见了链子锁，拉扯几下，对陈佩佩道："啥意思，当我劳改犯吗，我要喊救命了。"

陈佩佩将她摔进屋，门一关，"死老太婆，没人救你。"

严素芬跑去阳台，喊"救命，救命"。楼下围了人，纷纷介往上张望。有邻居来敲门抱怨，陈佩佩道了歉，送几只土鸡蛋。

严素芬闹过一时辰，嗓子痛哑，便拿一把扫帚，在阳台上挥舞。天色暗了，看客陆续散去。陈佩佩和梁真宝吃过晚餐。陈佩佩盛一碗饭菜，放到北房间。收拾过碗盏，给梁真宝服了叶酸片和乳酸亚铁片。正蹲在卫生间擦浴缸，听得外头砰砰响。跑出去，见严素芬把饭菜扔在客厅，还将电视机推下地来。陈佩佩将擦浴缸的抹布，甩在她脸上。严素芬扑来撕打。

陈佩佩抓住她两只手,几欲将她提起。梁真宝站远了,劝道:"好好说话,好好说话。"

有人按门铃,是个民警。"有群众反映,你家从早吵到晚。"陈佩佩抢在前头哭诉。梁真宝在旁垂了脸,哎呀呀叹气。民警说:"这是当妈的不对,哪能不管儿子死活。小伙子真作孽,背也塌了,腰也弯了,缩了两只肩胛,好像七老八十岁。"严素芬嗫哑道:"我的命不是命吗。"民警道:"你已经老了。"严素芬吃瘪。陈佩佩给了民警一百元,"麻烦师傅了,本想送你点香烟抽抽,家里也没备着,你自己买了抽吧。"民警笑了,"以后有啥事体,直接寻我好喽。"

陈佩佩收拾了狼藉,打开电视机调试,见没有摔坏,便抱到南房间。又出门去,在楼里上下跑一遍,逐户打招呼,"我家婆婆老年痴呆,吵到你们了,实在对不起。"

回了家,严素芬抵住铁门,不让她进。陈佩佩开锁推门,一掌将严素芬甩得趔趄,"就你这小身材,还想拗过我。"她故意放慢动作,将链子锁丁零当啷锁好,把钥匙挂回脖子上。

严素芬哭得满手鼻涕,躲进北房间,把门关严。陈佩佩帮梁真宝清洁了身体,扶他上床。说一晌话,将睡不睡的,听得脚步声。是严素芬进来,搦了把杀鱼剪刀,尖口压在手腕上,"你们逼我死,我就死给你们看。"

陈佩佩道:"死一个看看啊,算你有本事。"

严素芬一怔,又道:"我就死在这里。让警察抓你坐牢,让你房间里阴魂不散，再也不能住。"

陈佩佩被子一抖，躺下道："少废话，要死快点死，别妨碍我睡觉。"

严素芬站在床尾，又闹了片刻，退出门去。

梁真宝道："不要紧吧，她不会想不开吧。"

陈佩佩道："她连肾都不肯捐，哪里肯死啊。"

梁真宝不说话了。稍后，仍不放心，走到北房间。隔着门板，听见严素芬的放屁声，跟吹长笛似的。"阿宝，是你吗。"她喊。他蹑足回了房，重新躺到床上。

严素芬安静下来。仿佛自知不敌，接受了现实。每次陈佩佩外出，她都盯住儿子唠叨，"阿宝，你是从我肚皮里出来的，我俩才是血连血的亲人。别理那陈佩佩，一门心思刮走我家财产。你想想，要是你我死在手术台上，我们的房子就落到她手里。她算盘啪啦啦，不要打得太快哦，逼我们做手术，又把房产证藏起来。还不如把房子过给带娣呢，带娣好歹也姓梁。"

梁真宝听不得，躲进卫生间。严素芬贴着门板说。他假装睡觉，她便站在床边说。一次，梁真宝道："我在透析室认识个朋友，跟我差不多大，姓张。平常能说能笑的一人，前几日脑子出血，瞳孔都散了，鼻子出不得气，要插呼吸机。医生说是吃药透析十几年的并发症。他有个妹妹，配型配上了，婆家不准她捐肾。小张蛮作孽的，即使抢救回来，都成植物人，还不如死了好。你要不要看看他照片。叫张什么来着的，一下想不起来。"梁真宝作势从枕下取物。严素芬往后躲,"我不要看,不要看。"自此不与儿子多言。

逢到小夫妻出门透析,严素芬瞬即活络了,满屋兜转,搜寻钥匙、证件、财物。她打开大小柜子,逐样摸捏,还把折叠的衣服,一件件抽出来,摊开了,里外正反地检查。南房间大衣柜里,有只上锁的抽屉。她忌惮陈佩佩,迟迟不动。某日,忍不住了,用螺丝刀撬开。都是梁真宝的证件、学生证、毕业证、结婚证、绘画比赛奖状、职业培训证书……还有一本粘贴式相册。

严素芬捧在手里,逐页翻看。眼见梁真宝在照片里,一点点幼齿下去,面孔渐次圆短。童年的几张,是黑白的,边角发黄了。有一张是尚未去世的丈夫梁栋德,抱着两岁半的梁真宝。梁栋德头路三七分,面孔滴刮四方,像台电视机。两只女人样的吊梢眼,乜斜着严素芬。一件带帽滑雪衫,把他整个人鼓囊囊撑起来。她记得那时他已患病,衣服底下,肋骨毕显。梁真宝或是不喜父亲身上的药味,捏了小拳头,试图挣脱出去。他胸前的白饭兜,是三角形的,脑袋上头发根根直立,嘴边滋出一泡涎沫。

严素芬的食指肚,在照片上滑移。时而摁住梁栋德,时而摁住梁真宝。他们的面孔那么小,似要从她指间漏出去。不知多久,听得链子锁当啷响。她跳起来,把相册塞回抽屉,推几下,合不拢。身后起了呵斥声:"进我们房间干嘛。"陈佩佩的语气，仿佛老电影里的女八路说：别动，举起手来。

严素芬想从气焰上压倒她，挺了挺背。感觉有一脉筋，硬邦邦勒在肉里。无数说辞在脑中浮动，却都稍纵即逝，抓握不住。她转过身，见儿子儿媳一边一个，堵住房门。梁真宝缩着脖子，显得比陈佩佩还矮，面色像在太平间里冻过一晚。陈佩佩逼近严素芬，"你偷什么了。"严素芬后退一步，脱口道："好吧好吧，我自愿了。"

梁真宝晓得，母亲只是一闪念。她几乎是被陈佩佩架着，一径办理亲属证明、协议公证、医院手续的。等待手术的三个月里，严素芬变得沉默。这是从没有过的。陈佩佩曾说："你妈是世间第一唠叨。有时真想抓一脬屎，塞在她嘴巴里。"现在她不再抱怨，每天为婆婆买鸽子。严素芬毫不客气，整只搛到碗里，呷呷地啃，嘶嘶地吮。

梁真宝成日躲在卧室，避免与母亲照面。她面皮紧绷的模样，足足老了十岁。手术日期将至，她又多话起来，总想逮住梁真宝诉说。梁真宝或应付几句，或假作不闻。仿佛她的话里有陷阱，稍不留神，就会被她套牢受死。

这个夜半，空气黏潮，灯光缟白。严素芬看起来，像一条即将消遁的影子，唯独剩了张嘴，不停开阖，变化形状，"阿宝阿宝，你是啥意思，我也拎得清。这许多日脚，你跟我讲过贴心话没有。永远是同一句话，翻来覆去千百遍。现在你满意了，总算不来烦我。"

梁真宝拖了两只胀水的脚，退往客厅。她跟过来，继续道："在你眼睛里，我不过是只活腰子。"他撇着头，无法集中精力回话。幸而陈佩佩冲出来，"明天都要住院的，还不睡觉。"拉了梁真宝回房。

陈佩佩为丈夫掖好被子，摸摸他额头，责备他不该乱走。梁真宝一夜无眠。天色微亮时，浅盹片刻，即被唤醒。他起床，称了体重，吃了鸡蛋红薯，坐了半小时马桶，又称了体重。陈佩佩为他备好饼干面包、替换衣裤。带刻度的水瓶，不多不少，灌一百毫升白开水。又打开急救箱，数点退烧贴、血压计、电子体温计、红外线治疗仪，加添了酒精棉和一次性口罩。

陈佩佩帮梁真宝脱掉睡裤，检查大腿根部的透析导管，再帮他穿上阔腿裤。当她拿出长袖T恤，他咕哝道："这么热的天，还穿长袖。"乖乖由她摆弄。经年的透析，使得他的手臂血管，犹如老树根一般，盘盘匜匜凸起。陈佩佩替他捋下袖管，理了理衣袵。

严素芬也装扮完毕。染过的头发往后梳成髻，掩住头顶一涡新白。又抹了头油，头发黏成一簇簇，贴住头皮。两只招风耳愈发醒目了。她穿黄绿小花的乔其纱短袖衬衫。黑色牛奶丝跳舞长裤，裤缝镶了两道金边。脚上的磨砂皮船鞋，还是全新的，姜黄姜黄，鞋头有个小蝴蝶结。再戴上金耳环和珍珠项链。珍珠跟蔫掉的玉米粒似的，大小不一，凸凹错落，盘在细颈子上。

陈佩佩啊呀笑了,"妈不是去住院的,是去跑亲戚的。"

严素芬道:"最后一趟了,总要体面些。"

陈佩佩皱皱眉头,转问:"给你煮的鸡蛋,怎么不吃。"

"现在不饿,等一歇饿了,路上找地方吃。"

"住院东西准备好了吗。"

严素芬提出一只尼龙购物袋,隔了袋壁,摸摸捏捏,"牙刷、香皂、草纸,都拿了。"

梁真宝随了严素芬,站到走廊上。陈佩佩关灯、闭窗、检查煤气,各房间看一遍,解了链子锁,放在茶几上,这才出门来。三人一串地下楼。严素芬道:"你们一前一后,押犯人吗。"陈佩佩讪讪不语,搀住梁真宝。严素芬沿了绿化带的边角走,尚未出小区,便喊起饿来。

陈佩佩道:"面包吃不吃。"

"太干了,早上要吃点湿的,暖和的。"

"公交站那里有豆浆摊。"

"我要坐下来,安安稳稳地吃。"

"那路上看看。"

他们过了马路,坐公交车,在第三站下来换车。严素芬抱住街边梧桐树,说:"我饿得前胸贴后背,要昏过去了。"

陈佩佩说:"这里没有吃的,索性去医院附近吃。"

严素芬将那树搂得更紧了,反复道:"我要饿昏了,我要饿昏了。"

梁真宝道："往前面走走吧，反正时间还早。"

陈佩佩叹口气，胳膊一挥，"走吧。"

严素芬这才松手，顺了上街沿走。十字路口，有人施工，路面被一径翻开，围起黄色警示牌。严素芬道："做手术的辰光，我身上皮肉也是这样翻开吧。"无人搭理。

沿途的美发店、扦脚店、贴膜店、服装店、小吃店，统统没有开门。梁真宝越走越慢，张了嘴巴呼吸。陈佩佩道："妈，往回走吧，真宝吃不消了。"

"好像前面有家饭店，我看到了。"

"哪里？"

"那里。"严素芬随手一指。

走到她指的地方，是一家房产中介。严素芬故作吃惊道："哪能一桩事体，明明在这里的，老大一家餐馆。我以前来过的，二十四小时营业。"

陈佩佩咬紧嘴唇，鼻翼猛烈张翕。

梁真宝拍拍她手，轻声道："算了，小事体，依着她吧。"

严素芬继续往前。小夫妻跟住她。过两个路口，拐弯，总算发现一家。黄底红字招牌，写"刘阿婆小菜"。严素芬推店门，推不开，站在原地犹豫。店内身影晃动，一个花白头发的胖女人开了门，又返身进去。

严素芬回头嚷道："我说有一家的吧，哪能会记错。"头颈一缩，从塑料空调帘子间钻入。

店堂约莫十来平米，四张方桌，八条板凳。严素芬选中靠里一桌，捻了捻桌面，挥赶几下苍蝇，"老板娘呢？"胖女人从后头转出来。梁真宝夫妇也进门坐定。陈佩佩取了餐巾纸，为丈夫擦汗。

严素芬睒着墙上彩图菜单，大声说："我要梅菜扣肉。"

"肉还没买呢，啥人老清老早吃这个。"

"我平常也不吃的，今朝必须吃好点。等一歇到医院，啥都没得吃。老板娘，你晓得吧，我要做手术了，割一只腰子给儿子。看看，你们还有葱炒蚕豆，我三年没吃蚕豆。看到蚕豆，就想到腰子，心里不适意。"

陈佩佩道："妈，少说点，吃了就走。"

老板娘道："吃烧卖豆浆吧，早上不卖炒菜的。"

严素芬道："那来两笼烧卖，一份豆浆。帮忙开开空调，热死了。"

陈佩佩道："真宝会感冒的。"

"你们坐到门口头去，别对着吹就好。"

老板娘打开空调，回到后间。俄顷，端来食物，铺在桌上。又抱来小孙子，孵在空调边，看严素芬吃。

严素芬道："你是刘阿婆吗，真福气，抱孙子了。孙子叫啥啊。"

"叫洋洋。"

"哦哟,你叫洋洋啊,乖不乖啊,洋洋。"严素芬戳着筷头,朝孩子哇哇几声,把孩子逗哭了。这才心满意足,揣起烧卖来吃。一边吃,一边说话,糯米渣从嘴角里喷溅出来,"刘阿姨啊,羡慕煞你。我儿子腰子坏掉了,不会生小囡了。我辛苦一辈子,从没做过坏事体,老天爷却让我断子绝孙。"

陈佩佩道:"妈,我们赶时间。"

"不要催,急赤拉吼的,倒被你唬住。我问你,做啥要住院。住院费介么贵,又不能报销,白白里被斩一刀。明朝再去医院,直接做手术好喽。"

"真宝还要透析一次,医生指定今天住院。"

严素芬扭头对老板娘道:"我儿子每个礼拜透析三趟,钞票刺刺叫出去。媳妇本来是小学老师。现在的小学老师,你晓得的,给学生子开开小灶,外快哗啦啦进来。她嫌鄙忒辛苦,老师不当了,整天在家晃了两只手,啥都不做。治病开销都是我女儿来。"

梁真宝道:"妈,佩佩是为了照顾我。"

陈佩佩道:"跟她说什么,我做啥她都看不惯。"

严素芬恍若不闻,继续对老板娘道:"我女儿忒辛苦了,一直相帮她阿弟。换个肾,三十多万块呢,她在外面借了债的。我都想把房子留给她。我有套两室一厅,在内环里,靠近地铁站。十几年前买的,老房子拆迁费,加上所有积蓄。算是送给儿子的婚房,也是我自己的养老本钿。"

老板娘道:"房价涨得快,买房的都发财了。"

"发财有啥用,生不带来,死不带去。吃了一辈子苦头,早就想穿了。刘阿姨,你不晓得,我老公死得早,我为了两个小囡,再也没寻男人。又是屋里厢,又是厂里厢,忙得我两脚扛在肩胛上。我工作起来也是最卖力的,当年在翻砂车间,跟男同志做一样生活。每年评到三八红旗手。领导把我照片贴在厂门口,人进人出,全都看得到。厂长每趟开会表扬我,讲我觉悟高,凡事以集体为先,对国家贡献重大。阿宝,姆妈的光荣事迹,从没跟你讲过。你说啥人比我高尚,啥人有资格批评我。瞎掉你们的狗眼乌珠。我要算是自私,雷锋叔叔都不敢夸自己无私。我今朝要把腰子送给儿子了。我为了儿子,一条老命搭进去。"

老板娘搂紧孙子,不言语。

陈佩佩道:"老板娘,我先结账。"

严素芬道:"没吃完呢,急啥,我跟刘阿姨投缘,多啰嗦几句。啥人晓得过了今朝,有没有明朝。我有个小姐妹,叫翠珍,老早厂里跟我最要好的,每年到桂林白相。女婿给她买包,巴巴里①的,还在桂林给她买了一套房。我本来想等儿子讨了老婆,有人照顾了,我就跟翠珍一道旅游。我从没去过桂林,桂林山水甲天下,我再也没机会去桂林了。"

---

① 即巴宝莉。

"妈，你说这些，人家听了不舒服。"

"刘阿姨，你看看，这就是外地媳妇。没大没小，当了别人指责长辈，真是要不得。我跟我家阿宝讲，外地人看中你的房子户口，不是看中你的人。阿宝吃死爱死，不肯听，我也没办法。反正我两脚一蹬，一分洋钿都不会留给她。留给她做啥，她跟我啥关系。我一辈子为别人活，也没捞到个好。命苦啊，没人关心我，都不把我当人看……"严素芬哼哼唧唧，一口豆浆呛进喉咙。顿时又咳嗽，又喷嚏，鼻孔嘴巴齐射，搞得满桌涕泪浆沫。

老板娘怀中孩子又哭起来。老板娘道："先结账吧。"

陈佩佩结了账，赶着严素芬走。严素芬磨磨蹭蹭出店，又不肯动。

陈佩佩跺脚道："你到底想怎样。"

"我想先小个便，医院里脏，没法小便。"

"那你小在那棵树边。"

"有人看见。"

"哪有人。"

"我腰子不舒服，有点酸。刚刚吃豆浆时酸起来的。"

"少来。"

"手术钱能退吗，改天行不行。"

陈佩佩道："肏你妈，死老太婆，我忍了你一早上。"揸开手指来抓她。严素芬退开，将尼龙购物袋奋力甩向她，转身朝马路上跑。她跑起步来，仍像在走路。双脚磨着地面，往前拖滑。皮鞋在脚跟上一步一甩。微热的晨风卷过她，头发、衬衫、跳舞裤，都颤动回应，似要将她往风的方向上带。她果真顺了风向，斜斜跑到路当中。在浅灰沥青路面上，在黄白标线间，她的背影窄短，宛若中学生。陈佩佩走向她，仿佛高大自信的猫，走向一只老鼠。

有公交车驶来，陈佩佩停步等待。绵长的车身，遮挡了视线。她没有发现那辆奇瑞QQ，是何时冲过转角的。她听见梁真宝尖叫，便回头看他。又听见急刹车，便又循声转过脑袋。公交车过去了，严素芬趴手趴脚，俯在地上。奇瑞QQ僵在旁边，仿佛犹豫着，究竟倒车逃跑，还是往前补压一记。草绿色车身，贴满了卡通图案。它小得犹如玩具，不像是一辆能够撞人的真车。

空荡荡的路面，瞬间堆起了人。他们像是凭空从地底钻出来的。拎着小菜篮头，端着痰盂罐头，提着塑料面盆，牵着遛狗绳子，拿着蒲扇、茶缸、鸟笼，将严素芬层层包围。唯有一磨砂皮船鞋，逃脱看客的视线，飞在半米外，碾扁着，黄里沾了灰，像只破碎的肾。

写于2017年5月6日星期六

冬天里

那天有一场雪。上海的雪起势汹汹,但很快露了怯。黄昏时分,一地雪浆,搀混着烟蒂、纸屑、灰尘团,和其他难于辨认的垃圾。

张大民抹一把窗上雾气,说:"好像停了,下去走走吧。"

钱秀娟说:"这么冷。"

他们碗里残着馄饨汤,几缕紫菜悬浮不动。张大民用镶边瓷碗。钱秀娟的碗略小,素白。大碗和小碗,隔着一瓶辣糊酱,静默相对。

张大民说:"可你还去斯美朵的活动。"

"那是上周定的,不知道会下雪。"

"那就走走吧,反正都出门了。"

"再说吧……等我收完桌子。"

钱秀娟将残汤并入小碗,摞在大碗上。她翻出一截腈纶衫袖管,卡住睡衣袖口。睡裤棉夹里在她腿间沙沙摩擦。

张大民听见水声,瓷碗碰撞声。他想了想圆圆。此刻,圆圆一定在吃肯德基。空调热风灌着领口。她会将薯条撒在桌上,用沾满盐粒的指肚蹭沙发套。外婆会捡起她吃剩的鸡翅,将它们啃干净。

钱秀娟擦干手,打开彩妆包,将折叠镜对准窗户。当她低头画眉时,颈纹变深了,绳索似的勒住她。她换上毛料裤子和呢大衣。张大民穿起羽绒夹克,替她拎好东西。他们默默对视一眼。

兵营式老公房,被雪水渍成蛋清色。空调外挂机一只又一只,补丁似的褯在外墙面。各家窗前的晾衣竿,积雪点点撮撮。也有忘收衣服的,裤衩、胸罩和棉毛衫裤,直僵僵轻晃。

"我说的吧。"钱秀娟没头没脑了一句。

张大民踢一只铁皮罐,罐子滚停在花坛边。他们渐渐走开,各沿一侧道边。

张大民记得,刚搬进公房那年,他们常在晚饭后散步。他和她坐在小花园石凳上,看圆圆玩滑梯。圆圆蹲在梯子顶部,神情严肃地抓挠蚊子块。身后小孩用膝盖推她,她尖叫而下,裙子擦翻起来,露出粉红内裤。他们还光脚走鹅卵石路。排着队,从这头到那头,又走回来。卵石将脚板硌得通红。一次,一条狗叼走张大民的鞋。他追进草丛,踩了一脚狗屎。圆圆笑趴在妈妈腿上。钱秀娟指着他,笑得眼泪汪汪,出不了声。那是五年前,或者六年前,某个少雨的夏天。圆圆在读幼儿园,钱秀娟父亲尚未生癌,张大民的前列腺还没开始增生。

后来,钱秀娟爱上跳舞。舞搭子在楼下喊:"秀娟——"她立即扒光米饭,鼓着腮冲出去。他们在街角空地跳舞。空地正中有块钢筋三角,两米高,生着锈,大概算是抽象雕塑。钱秀娟和女人跳,也和男人跳。和男人跳得更多。跳快三时,她的胸脯、腹部、小腿肚,同时抖动起来。她从钢筋三角的竖边穿过来,从斜边绕过去。她戴金戒指、珍珠项链,和一块用红绳穿起的玉。那是她的全部饰品。跳完舞,她冲掉它们沾染的汗水,晾干在五斗橱上。再后来,空地盖起新楼。钱秀娟不再跳舞,也不散步了。

"斯美朵几点的活动?"张大民问。

钱秀娟又走几步,道:"时间差不多了。"

他们站停在小花园。一个穿藏青羽绒服的老人,站在不远的树下甩手,天空铅沉沉压在他脑袋上。钱秀娟后退一步,盯着滑滑梯。滑道寂静,底部积着一摊雪水。

"我送你。"张大民说。

"不用。"

"为什么不用。有三只包呢,我帮你拎不好吗?"

"爱拎不拎，朝我吼什么。"

"我没吼，"他顿了顿，"我没吼。"

钱秀娟接过单肩包。那是一只高仿LV。她耸起肩膀，以免包带滑落。又接过两只黑色拎包，在手里掂了掂。鹅卵石路尽头，远物近景阴浑一片。钱秀娟身影渐淡。

张大民空望片刻，转身去取助动车。风像巴掌一样，扇着他的眉骨。他停在抚宁路口，将助动车锁进弄堂，往抚安路方向走。他进入一家面包房，买了袋打折的小球面包。面包软塌塌挤挨着，已看不出小球形状。

透过落地玻璃，对街有栋商务楼，斯美朵包下整个底楼。楼顶广告牌上，一个女人举着口红，另几个咧起嘴唇，仿佛在笑，又似吃了一惊。她们的牙齿被路灯打成姜黄色。

几个月前，过中秋节，钱秀娟哥嫂来做客。吴晓丽问："秀娟，你用什么护肤品？"

"我用春娟宝宝霜。"

"天哪，你不想四十五岁时，老得不能看吧。"

钱秀娟扭头瞥瞥大橱穿衣镜。

"你五官好，皮肤底子好，但岁月不饶人呐。听说过斯美朵吗？"

"没有。"

"一个美国品牌，用了皮肤不会老。瞧我的毛孔，小多了吧,"吴晓丽凑近钱秀娟,让她观察毛孔,"今天我带了试用装,给你免费上堂美容课。"

钱援朝说:"我们去抽烟。"

张大民拿上打火机。

张大民和钱援朝,站在阳台抽烟。一只玻璃杯,盛着一浅底水,放在围栏上。他们轮番将烟灰弹进杯子。他们是中学同学,一起在崇明岛插队落户八年。返城后,钱援朝将妹妹介绍给张大民。八三年春节结婚。

他们抽完一根,又抽一根。聊了聊台海危机。张大民说,老江不够强硬。钱援朝说,美国人太坏,台湾就是狐假虎威。

"人多力量大,咱们打过去,解放台湾,进攻美国!"张大民直起喉咙。

钱援朝掐灭烟蒂,看着他。

玻璃杯中,黄的烟丝黑的烟灰,挤在水面上。钱援朝取出最后一支,递给张大民。张大民摇摇头。钱援朝自己点上,将空烟盒揉作一团。

准备进屋时,张大民突然说:"秀娟厂里让她下岗了。"

钱援朝道:"哦,那跟着晓丽做化妆品吧。晓丽做得很好。"

吴晓丽已完成清洁、面膜、保养。她称之为"基础护理三部曲"。她的专业护肤包里,插放着一排排软管。有些是膏乳,有些是红蓝液体。她捏起一块三角海绵,掸着钱秀娟的脸。

"看我。"钱秀娟转向张大民。

吴晓丽将她脑袋掰回去。

"很好看吗?像……日本妓女。"张大民想说"歌舞伎",却找不准这个词。

"什么意思啊!"钱秀娟嚷起来,"你就见不得我漂亮。"

"你是我老婆,我干吗见不得你漂亮。"

"你不放心我。"

"哪不放心了。"

"好了好了,都别吵了,"钱援朝道,"我们难得来做客。"

"刚上粉底,化完就好看了。"吴晓丽打开彩妆包。

钱秀娟拿起包内睫毛夹,摁摁夹头橡皮垫。

"秀娟,一定要化妆。女人能好看几年呢,不要亏待自己。"她搭住钱秀娟下巴,让她往下看。钱秀娟旋出一支口红。

吴晓丽道:"珠光的。"

"多少钱?"

"一百二十五。"

钱秀娟将口红旋进去,放回彩妆包,俄顷又拿出,"啪啪"开阖盖子。

"斯美朵口红,是可以吃的口红,无毒,不含铅。喜欢就买一支,我给你会员价。"

钱秀娟将口红放在桌上。桌玻璃映出倒影,修长的粉色外壳,底部一圈金边。

"化妆棉吹掉了,"钱秀娟说,"风真大。"

两星期后,钱秀娟去斯美朵参加美容讲座,和张大民半途吵了一架。

"倒三部车,走半小时路,你脚都磨出血了。"张大民说。

"我不疼,新鞋总要磨脚的。"

"天这么凉,待在家看电视不好吗。"

"没让你来,偏来。话还这么多。"

"你也不该去。"

"吴晓丽打了十几个电话,上回还送我粉底液。"

"用过的东西,她好意思送出手。而且你根本不需要。"

"你买不起,就说我不需要。"

张大民噎了噎。领口卡得喉结微疼,他松开一粒纽扣。钱秀娟走到前面去。她又矮又小,臀部壮壮的。有一瞬,她消失了。张大民加快步子,又找到她。他们并排走着,不看对方。风经过她,吹向他。下一刻,又经过他,吹向她。还有一刻,风从背后推着他们。她精心打理的短卷发,全都堆在脸旁,胸前衣服也被吹鼓起来。

到了路口,钱秀娟拿出纸条核对地址。天色半暗,斯美朵广告牌上的女人,个个灰旧着脸。钱秀娟走进旋转门,靠在门边凹角打电话。吴晓丽说马上来。

至少几百名女人,在大堂和各个房间穿梭。灯色荧白,大理石墙壁疏冷着。钱秀娟慢慢缩起背脊,靠近张大民。

张大民低头看她。他的妻子发卷归整在耳后,耳廓窄薄似两朵花瓣。

"秀娟。"他柔声道。

钱秀娟做个"啊?"的口型,但没发声。

"没什么。"他说。

终于,吴晓丽挤出人群,挥舞胳膊。手机链子击打她的手背。

"亲爱的。"她来搂钱秀娟。

钱秀娟往后一躲,还是被搂住。

"你不该来,"吴晓丽转向张大民道,"我们女人聊美容,你会闷的。"

"不会,我……"

吴晓丽不待听完,搭住钱秀娟的背,引她往里走。钱秀娟和张大民坐到会议室末排。吴晓丽摆弄着手机说:"我去忙啦。"

"去吧,快去吧。"

吴晓丽穿深蓝职业装。当她挤过椅子间隙,裙摆浅浅勒出三角裤轮廓。

"怎么回事,"张大民道,"这女人今天这么做作。"

吴晓丽看看表,关掉房门。不断有迟到者推门,在门缝里张望一下,蹑手蹑脚进来。没有空位后,她们佝着背转来转去，寻找愿意分享椅子的人。

吴晓丽训导守时问题。她一字一顿的语调，像走路一脚一脚踩在泥坑里。张大民响亮地打哈欠。

"今天来了不少新朋友，"吴晓丽说，"坐在后排的，就有一位我的朋友。"

众人纷纷回头，看看钱秀娟，看看张大民，最后目光集中给张大民。张大民假作挠额，手搭在脸上。过了会儿，一个深蓝制服的胖女人，领着一群女孩上台。女孩围着她乱作一团，慢慢站成横排。

吴晓丽说："这是范督导。这十二位是她的新'宝贝'。我们对小琳很熟悉了。小琳，这是第一次来例会吧？"

"嗯。"最左侧的女孩应道。

"高兴吗？"

"嗯。"

"谈谈感想吧。"

"嗯。"

"来，说两句。"

小琳绷直身体，两块紫色眼影上下翻动："说什么呢？没什么好说的，我不会说。"

旁边女孩拽她胳膊。胖女人过来拉她道："宝贝，随便说点什么。"

小琳说："呃……我要感谢妈咪，范妈咪。她让我加入斯美朵……呃……这个月，我发展了六个姐妹，卖掉一万多产品。"

胖女人道："是一万三千八百五十一元。"

底下鼓掌。

胖女人道："告诉她们，你以前做什么的？"

小琳嚅嚅嘴。

"告诉她们。"

"我……呃……我从江苏来，以前做家政，在范督导家……"

"看吧，小琳是我家钟点工。没学历，没背景，没人脉，'三无产品'。要不是加入斯美朵，她一辈子给人擦地板。我们救了她。只要她努力，三个月做到红背心；半年就像我一样，穿上这身蓝衣服，"她指指自己，"月入一万五，甚至更多。"

底下鼓掌，还有喝彩。

胖女人微笑颔首，等待掌声结束。"去年我到美国参加总部年会，走红地毯，穿那种拖地晚礼服，追光灯一打，浑身闪闪发光。所有人都在看你，你是全世界的焦点。你们能想象那种感觉吗？"

"能——"众女齐呼。

"你们想不想跟我一样？"

"想——"

"只要努力，明年红地毯上的就是你。"胖女人摇晃小琳。

小琳笑出一口牙龈。

张大民对钱秀娟道："你鼓掌干吗，瞎起劲。"

钱秀娟道："你不懂。"

"我是不懂。我困得要死，我们回去吧。"

"安静听会儿行吗？吴晓丽说得对，没梦想的人，注定没出息。"

"梦想？你十八岁吗？对于你这种老太婆，安心本分过日子最重要。"

前排纷纷回头。

钱秀娟瞪他一眼："不想跟你吵。"

张大民从鼻腔深处哼了一声，起身出去。屋内静了几秒。吴晓丽关门道："好了，只剩女孩子了，交流起来更亲切。"

那晚，钱秀娟十点半回家。她挂好包，依次脱掉衬衫、长裤、胸罩，将它们搭在椅背上。胸罩内面向上，深凹的碗状，盛着台灯光和阴影。她到门后套上睡裙。她脑袋在领口卡了卡。她在大衣镜前抓理头发，又摸摸自己的脸。

张大民眯着眼。某一刻，他感觉在偷窥一个陌生女人。

"喂。"他说。

"吓我一跳，没睡啊。"

"睡不着，"张大民哗哗弄响薄棉被，"女人家的，在外面这么晚。"

钱秀娟倒了杯水，坐到桌前看资料。她手掌罩在杯口。热气绕了个弯,腾腾上升。

"你呀你,傻大姐一个。炒股票、兑美金、买君子兰,哪次不被骗。"

"说完没有?"

"没呢!"张大民顿了顿,想不出词。

圆圆呻吟道:"别吵了,都几点了。"

钱秀娟调暗灯光。她看不见资料,也看不见丈夫了。她看见自己的手,一只搭在调光开关上,一只仍罩在杯口。她捧起杯子,喝完全部的水。

钱秀娟年轻时是圆脸。现在身材渐宽,面颊却削了,从某些角度看,居然变成方脸。张大民喜欢她年轻的样子,笑起来腮肉鼓鼓。那时她经常大笑,边笑边拍腿。还爱唱歌,像美声歌唱家似的,双手互搭在胸前。当她爬至高音时,脖子抻直起来,像有无形的线牵着她。底下小伙纷纷叫好,让她一唱再唱。那是八三年"五一"劳动节,张大民初次去钱秀娟厂里。

唱完歌,又跳舞。张大民不会跳,在旁坐着。他和钱秀娟的关系,已进展到一起看电影。他们趁暗场后,分别进入影院,坐到相邻的位子。她肉团团的手搭在椅把上,被荧幕照得熠熠发光。张大民简直不知电影里在说什么。他弯腰假装系鞋带,撑起胳膊,擦碰她的手。她坐得笔直,一动不动。

此刻,这只手被舞伴拉着。《青年圆舞曲》陡至高潮。钱秀娟缩起身体，绕过舞伴的胳肢窝。张大民叩击桌面，越叩越疾。乐曲终于奏完，钱秀娟气喘吁吁笑着，坐到旁边一桌。她告诫过张大民，今天他的公开身份，是她哥哥的朋友。

音乐又响，钱秀娟再次被邀。那天有五个男人邀舞。其中一人连跳三曲。在舞蹈的间隙，男同事频频劝酒。钱秀娟一嘴啤酒沫，仿佛唇上长出白胡子。男同事递烟，她也不拒。她用指根夹烟，还把烟从鼻腔喷出来。

联欢会结束，张大民和钱秀娟一前一后，从食堂走向工厂后门。锅炉房的烟囱高达三十多米，春风将黑烟拖散成一面旗帜。

"那个恶心男人是谁？"张大民问。

"谁恶心了？谁？谁？"钱秀娟语调高扬，仿佛仍在唱歌。

"跟你跳了三支舞的。头发那么长，额上都是粉刺。"

"范文强吗？"钱秀娟笑了，"一个朋友。"

"哦？怎样的朋友？"

"谈过朋友的朋友。"

他们停在自行车前。两辆车锁成一体，靠在墙边。张大民推出自己的"永久"。钱秀娟的"凤凰"缓缓倒地。张大民瞥了一眼，将链条锁扔进车篮，上车骑走了。

过了几分钟，他骑回来问："你不走？"

"我在醒酒。"

"你没醉，"张大民下车扶起"凤凰"，"钱秀娟同志，我作为朋友提醒你，女人家作风差劲，会被人看轻的。"

"我说醉话了，范文强只是普通朋友。"

"普通朋友抱得那么紧。"

"那是在跳舞。"钱秀娟扭过头。风向乱了，黑烟不知所措，在烟囱口堆成一团。"好吧，我是和他接触过，但同事都不知道。"

"为什么不接触了？我看他挺帅的，比我帅。"

"他做人没你踏实。"

"我不要和他比。"

"是你自己在比。"

"说说，怎么接触了？拉过手吗？亲过嘴吗？"

"你真恶心。"

"哦，你们拉过手了。"

"没有，真没有。没有的事。我们只在跳舞时拉手。"

张大民想起范文强的手，搭在钱秀娟肩上，小手指微翘着，指甲盖油亮。张大民的鼻孔像马匹喘气那样张开。他冲向钱秀娟，捏起她的手。她环顾左右，挣扎了一下。他们的姿势，像是他要把她的手从腕上拔走。远处有人声。他放开她。她皮肤冰凉，手背一条条红白瘀痕。那是张大民手指留下的。

钱秀娟加盟斯美朵。她花费两千多元，买入护肤包、彩妆包和第一批产品。吴晓丽送她一套职业装。钱秀娟穿上时，必须屏住呼吸，收拢赘肉，慢慢提起拉链。

她满城挤着公交车，给人上美容课。回到家，粉底搓泥了，眼影晕在眼角。她坐在床沿，往脚踝上贴橡皮膏，然后走到桌前，问圆圆功课多吗，穿得暖吗，给她塞些小零食。圆圆晃动脑袋，避免母亲摸她头发。钱秀娟板下脸道："头抬高些。"圆圆撇撇嘴，直起脖子，推远作业本。

不出门时，钱秀娟窝在阳台打电话。预约卡、美容卡、客户通讯簿，每件都印着百合花——这是斯美朵的Logo。张大民半夜起床，摸到那一桌卡片，将它们撒出窗口。

翌日傍晚，钱援朝来电："这么对待娟娟太过分。她们的事业，开头尤其困难。我们做老公的要支持。现在吴晓丽当督导，一月赚两万，人变漂亮了，气质也提升了。"

张大民闷声道："以咱俩的关系，你少睁眼说瞎话。"

钱援朝顿了顿道："我话搁这儿，你爱信不信。"

张大民出着神，去灶上煮水。钱秀娟回来了，一边理头发，一边换拖鞋。

"你好。"张大民说。

钱秀娟抬起脸，仿佛刚看到他。"你好。"她说。

"回来啦？"

"嗯。"

"今天真早。"

"哦……水开了。"

张大民关掉煤气。

"圆圆呢？"她问。

"去外婆家了，今天星期六。"

"哦。"

"要不……出去吃？"

钱秀娟瞥了瞥灶头，那儿有包拆封的速冻水饺。"好。"她说。

他们去弄堂对面的小饭馆。钱秀娟嫌桌面油腻，嫌服务生冷淡，嫌碗筷不够干净。嫌了一阵，终于不响。张大民用筷尖"嗒嗒"敲击碗沿。对街，两名白大褂女营业员站在药店门口闲聊，瓜子壳吐了一地。一个老头挪向水果摊，抓起一只苹果，又抓起一只苹果。

菜上来了。张大民转而注视女服务生的手。她的指甲浸在蜜汁红枣的汁水里。张大民和钱秀娟，默默拿起筷子，低头进食。

上第二道菜时，张大民终于开口："事业……好吗？"

"挺好。"

"咋个好法？卖掉多少？发财了吗？"

"怎么搞的，菜汤里有泥渣子。"

"我问你发财了吗？"

"你想吵架？"

"我在关心你嘛。"

钱秀娟想说什么，忍住，夹了一筷娃娃菜。

"为啥眼睛化成这样？"张大民问。

"啥样？"

"黑不拉叽，框得跟死鱼眼似的。"

邻桌女孩转脸瞅他们，其中一个"滋滋"吮着珍珠奶茶。

"你比她俩好点。"张大民道。

钱秀娟站起身。

"怎么不吃了？你的冒牌LV掉地上了。"

钱秀娟捡起包，疾出店门，想冲过马路。车子一辆接一辆，密不透风地开过。她的衣料边角瑟抖着。她蜷起胸膛，双手互插在胳肢窝里。

张大民敲打玻璃窗，敲了几下，跑去门口。服务生跟住他。

"钱秀娟。"他喊。

"钱秀娟。"他继续喊。

车流中断了，钱秀娟开始过街。她每走一步，都左右张望一下。她的背影忽地变小了。

"钱秀娟，我菜点多了，快来帮忙吃掉。喂，听见没有——"

对街闲聊的白大褂停下嗑瓜子，戳点着张大民。钱秀娟扭过头来。她似乎哭了，抑或是风吹红鼻尖。他的妻子转过身，慢慢走回来。张大民想起年轻时，他看着她走来。她一路咬着上下嘴唇,好使它们显得红艳。他的趾间渗满汗水。他们即将去大光明看《少林小子》,或者到人民公园,找个僻静的树荫坐坐。

钱秀娟跟着他,回到饭桌边。张大民要了两瓶光明啤酒。

"干杯,"他想说祝词,想不出,又道,"干杯。"

钱秀娟一饮而尽。

"你脸红了,"张大民道,"来,说说你的事业。"

钱秀娟的首名客户是沈岚,张大民表妹,复旦经济系读大四,眼下在会计事务所实习。钱秀娟约她吃饭,又到咖啡馆上美容课。沈岚以六折优惠,买了一瓶乳液。

张大民道:"挺好,恭喜。"

钱秀娟批评沈岚没礼貌。"我做回访时,这丫头凶巴巴的,后来干脆不接电话,"她拨弄鱼骨,使它们在桌面排列整齐,"以为自己是白领了,瞧不起人了。我怎么着都是她长辈。她初二暑假住咱们家,我天天烧饭给她吃,她来月经还把我床单弄脏了,第一百货商店买的床单,很贵的。"

张大民端起玻璃杯。啤酒沫子漫上来。她不停开阖的嘴唇,像肉包尖的褶皱。

钱秀娟继续说,吴晓丽最近发展了一个老板太太。"那女人是朝天鼻,一脸麻点子,耳朵还有点招风。听说老公每月给她一万块零花钱,她闲得无聊才做斯美朵,出去上美容课时,都开私家车的。这就是命……对了,"她问,"你的女同事里,有傍大款的吗?"

"我是穷人,只认识穷人。"

"不一定是大款,买得起护肤品就行。"

"那算有钱了。"

"帮我搞一份名单吧,我来电话拜访。"

"别这么功利行吗?"

"这叫积累人脉。"

"我一个小工人,不懂什么人脉。"

服务员端汤上桌。汤里几缕蛋丝、七八块番茄,麻油浇得太多。钱秀娟舀了一碗。张大民舀了一碗。汤太咸了。他们不再说话。

整个晚上,张大民翻了三遍《新民晚报》。八点多,圆圆回家。他们看电视。圆圆爱看民国琼瑶戏。女主角眼皮一拧一拧,泪水如注。男主角张大嘴巴咆哮,张大民看见了他的小舌头。他笑起来。圆圆不明所以,也跟着笑。钱秀娟在阳台道:"轻点声。"张大民止住,索然无味道:"睡觉吧。"

"爸爸,"圆圆注视他,眼睛亮亮的,"你们年轻时恋爱吗?"

"什么?"

"你和妈妈恋爱过吗?今天外婆说,她和外公恋爱过。他们居然谈恋爱,我以为都是包办婚姻呢。"

"包办婚姻也可以恋爱。"

"我想起外公死的时候,大家都哭,外婆却不哭,爬去躺在外公身边,好像他还活着似的。"

"大人的事,小孩子不理解的。"

"我不是小孩子。"

"你是。"

"你和妈妈呢?"

"我们不是包办婚姻。"

"不是指这个……"圆圆脱去套头毛衣,"我还以为,你们从来都是两个中年人,胖胖的,整天除了吃饭,就是吵架。"

张大民调小音量,望着屏幕。

"外婆说,谈恋爱的时候,外公每天送她栀子花。好浪漫哦,像电视剧一样。"

钱秀娟道:"这么晚了,还不睡。"

圆圆睡下。张大民关掉电视,陷入沙发深处。座垫、靠背、扶手,从各个方向挤压他。他想着圆圆的话。阳台里灯色如炉火。他缓缓倚过去,轻声问:"在干吗?"

"整理美容笔记。"

"别太辛苦了。"

"还好。"

他刚发现,钱秀娟烫了新发型,脑袋膨大一圈,架在窄肩上。她穿洋红针织开衫。她适合各种红色,红色使她明亮。他期待她转过来,让他看看她的脸。

钱秀娟果真转过脸，面无表情道："你站在这儿，我不自在。没事睡觉去吧。"

张大民被扰醒时，感觉帘外微亮。钱秀娟跨过他的身体，靠墙躺下，翻腾着掖紧每个被角。张大民转向她，从她被窝边缘打开缺口。她背部潮冷，小腹却发着烫。她拍开他的手，他又伸过去。

"你不爱我了。"他说。

"什么爱不爱的，肉麻死了。"她不再拒绝他的手。

他用一条胳膊和一条腿环住她。凉风刺着他的肩膀。他有了零碎的梦。她在他的梦里跳舞。车间窗外的烟囱，直着一缕细烟。天空白如截脂。跳舞的是中年钱秀娟，穿收腰小西装，侧开叉 A 字裙。她转圈时，脸颊赘肉跌宕。张大民觉得她美。他撩起她的睡裙，干涩地进入她。她咂咂嘴，翻了个身。他清醒了。

张大民在面包房待了一小时。营业员撂着收银条，啪啪甩拍柜台。张大民吃一只小球面包，又吃一只。他感觉不到在吃什么。

对面斯美朵大楼出来一群女人。吴晓丽走在第一个，面孔半埋在羊毛围巾里。张大民拍净双手，推门出去。

钱秀娟有时走在队伍靠前，有时落后。她一手拎护肤包，一手插在口袋中，走几步，换个手。她们急行军似的前进，到了抚安路休闲步行街,三三两两散开。钱秀娟和一个高女人站在麦当劳门口。身后长椅上,坐着玻璃钢的麦当劳叔叔,一身红黄单衣,不畏严寒地咧着香肠嘴。

张大民闪进麦当劳,要了一杯牛奶,脱去羽绒夹克。一冷一热之下,他后脑勺隐痛。室内反复播唱《恭喜发财》,色拉和油脂的混合味飘来荡去。一个胖老头举着鸡腿,大声哄他的胖孙子,胖孙子满地乱跑,发出金属摩擦般的尖笑声。张大民皱了皱眉,撕一块小球面包,蘸到牛奶里。

窗外是另一世界。梧桐枝条、广告纸牌、店头彩带,往同一方向翻飞。垃圾被刮离地面,漫天狂舞,勾勒出风的形状。行人眯眼收脖,前倾身体。钱秀娟偎在高女人怀里。

风终于停了。钱秀娟捋着头发,照照麦当劳玻璃。张大民慌忙举杯遮面。她没有发现他。她和高女人东张西望着分开。她拿出粉色名片,走向一个穿麂皮皮夹克的女人。女人目不斜视而过。钱秀娟跟了几步,转向下一目标。那是个穿黑羊绒大衣的老太太,伸出一根手指,向钱秀娟轻轻摇摆。

高女人勾搭成一个,领进麦当劳,买两杯咖啡,在角落里上起美容课。钱秀娟不见了。片刻,她重入张大民视线,护肤包悬在前臂,双手深插入兜,两只脚不停轻跺着。

张大民放下牛奶,拍拍旁边的食客。

"干哈呀?"那是个东北口音女人,正在捻食垫纸上的蔬菜丝。

"看见那人吗，小个子，胖胖的，"张大民指着窗外，"想请你帮个忙，"他从皮夹里掏出四百块钱，"她是推销化妆品的，你去买她的货。"

东北女人接过钱。她的手背冻疮点点。

"你去，我在这里看着。"

东北女人迟疑着推门出去。钱秀娟转过身，向她堆起职业笑容。东北女人一边说话，一边往窗内望。钱秀娟不住点头。两人勾肩搭背走开了。

张大民咬着纸杯，咬得一嘴蜡味。他摸摸口袋，没有烟，起身到柜台问有没有酒。

"我们这里有牛奶、咖啡、橙汁……"

"我只要啤酒。"

"先生，不好意思，啤酒没有。"

张大民瞥瞥角落，高女人已经不在。他穿上羽绒夹克，推门出去。

街灯稀薄，影子疏拉拉摊在地上。张大民身体不停激灵，仿佛有人抽拎他的脊椎。他踩过一条条影子：树木、楼房、电线杆、垃圾桶……行人鼻梁的影子，斜在他们面颊上，使得他们五官斑驳。张大民慢吞吞往抚宁路走。他拿出手机，两次无人应答之后，电话接通了，钱秀娟急促地"喂"着。

"今天生意怎样？"他问。

"卖掉两百。"

"不是卖掉四百吗？"

"两百，就两百。"

张大民怔了怔，道："快回去，天这么冷。"

"忙着呢，过会儿。"

张大民走进斯美朵对街的面包店。小球面包卖完了。他看了又看，选中一块栗子蛋糕，包进硬纸盒，用枣红缎带扎紧。

钱秀娟终于出来。张大民看看手表，九点十四分。她站在路边打电话。过了几分钟，一辆白色小轿车驶停过来。张大民轻晃身体，一手撑住蛋糕盒盖，慢慢按压下去。营业员面无表情盯着他，将拖把扔进墙角，关掉展示柜的射灯。

一个月前，范文强重新出现了。他居然还留长发，肥肉在皮带上水一般地滚动。他右手中指戴一枚大方戒，戒面刻着："范文强印"。他逮住圆圆，将戒面狠戳在她胳膊上。胳膊霎时变白，旋即转红，像盖了一方图章。"圆圆长大啦。"这算是他的见面礼。

钱秀娟介绍道："这是老张，这是范老板，范文强。你们见过的。"

范文强道："见过吗？我不记得。"

"我也不记得，"张大民淡淡道，"钱秀娟记错了。她记性越来越差，快成老年痴呆了。"

范文强道："别这样说你老婆。"

钱秀娟道："我哪儿记错啦。圆圆，记得范叔叔吗？就是那个捏脸叔叔。"

圆圆记得了。她六岁去妈妈厂里玩，范文强捏起她的腮肉，挤成各种形状，还喷她一脸烟臭。之后不久，范文强离开工厂，做起服装生意。

"圆圆变漂亮了，越来越像你。小时候是圆圆脸，所以叫'圆圆'。"范文强伸出手。圆圆逃开。

钱秀娟笑道："唉，你非得来。我说吧，房子太小，也没东西招待你。"

"不用招待。我随便看看，看看你过得好不好。"范文强一边说话，一边动用食指和无名指，将大方戒拨弄得团团旋转。

"老张，给范老板泡点茶叶。"

张大民哗哗抖响《新民晚报》。

"圆圆，给捏脸叔叔泡茶。"

圆圆"哦"了一声，懒洋洋起身。

范文强转来转去，钱秀娟紧跟其后。范文强探探空调风口道："这机子用很久了吧，制热太慢，"又摸摸墙壁，"这儿裂了，回头叫老王找人刷一下。"

钱秀娟问："老王是谁？"

范文强答："我助手。"

张大民轻哼一声。范文强推开卫生间的门，一眼看见挂在冲淋龙头上的胸罩。钱秀娟急忙关门，讪讪道："没啥好看的。"

范文强在屋里转了一圈，就说走。"不多坐会儿？"钱秀娟送他出去。张大民溜到门后，窥视楼梯口亮起的灯。俄顷，钱秀娟回了，摸摸桌上玻璃杯道："茶都没喝。"端起喝一大口。

张大民道："跟老相好勾搭多久了？"

钱秀娟一口呛住，咳嗽起来。

圆圆将范文强送的比利时巧克力塞入书包，悄悄走进阳台。她听见父亲开骂脏话。她翻到日记本末页，划了一杠"正"字。

钱秀娟冲到外间，拉开吊柜道："要不是他，这些卖给谁去啊！"

受到柜门震荡，柜中化妆品倾泻而下。粉红包装的瓶瓶罐罐，长的短的扁的宽的，足有三四十件。

"你满意了吗？"钱秀娟蹲下捡拾。

"这是干什么？"

"上月快做到红背心了，还差五千块。吴晓丽说，先囤货，慢慢卖，否则下回得重新冲业绩。"

"她蒙你呢。"

"她没蒙我，她自己也囤货。"

"靠，坑子啊。吴晓丽自己掉进去，还拉你往里跳。你哥也不是东西。我早说了，你们上海人精明，自家人算计自家人。"

"上海人怎么啦？我妈早说了，让我别嫁北方男人。就算在上海长大，骨子里还是北方男人。"

"北方男人怎么啦？不满意离婚好了。"

"离就离。"

两人同时顿了顿。

张大民道："傻不傻呀你，世上就我真心待你。什么哥啊嫂的，什么范文强许文强，他们会为你考虑吗？"

"谁说范文强不考虑我，"她揣着化妆品，慢慢站起来，"这些他都买了，用来送客户。"

"哦，范老板，大客户。恭喜。"

"我两个月冲到红背心，算是快的。我会成功的。"

"狗屁。瞧瞧你，又老又胖又蠢，黄脸婆一个。以范文强的身价，年轻漂亮的骚娘们儿，还不苍蝇似的扑他。他为啥看中你？年轻时没得手，心里惦记这事呢。真被他搞定了，你更加一钱不值。"

钱秀娟面颊颤抖，肩膀也抖起来。一支眉笔滑出指缝，啪嗒落地。张大民替她感到难过，他想搂住她。他犹豫着走去，经过她，拉开卫生间的门，往马桶里吐了一口浓痰。

张大民脚趾潮冷，渐渐疼痛，转而麻木。他回忆着钱秀娟。她俯身和驾驶座的人说话，然后转到小轿车另一侧，消失不见了。她的红白格呢大衣，是新买的吧。她最近添了不少新衣。张大民想了又想，只想起她穿睡衣裤的样子。那是他们在超市买的。半寸厚的棉夹里使她行动迟缓。她迟缓地走来走去，散发着斯美朵护手霜的草莓味道。

张大民走到抚宁路，拐进弄堂。他看到他的助动车，一辆橘红"嘉陵"。车身满是擦痕，黑色座垫磨损了，海绵烂糟糟翻出来。它锁在一根落水管上。一辆白色普桑停在前方，车屁股对准它。普桑被转角灯照得锃亮。张大民瞧瞧左右，狠踢了普桑一脚，又瞅瞅嘉陵，也过去踢一脚。他将助动车钥匙塞回兜里，转身离开。

他步入弄口豆浆店。鳗鱼饭最贵，八元一客。他要了鳗鱼饭。鳗鱼的尸体大卸八块，躺在青白色密胺餐盆上，覆着一层喷香的油光。张大民吃一口鳗鱼，吃一口压扁了的栗子蛋糕。他痛恨甜食，它们使他胃部绞起来。

豆浆店隔壁是一家发廊，门口旋着红白蓝的转花筒灯。玻璃窄门里，坐着四五个小妞，或修指甲，或拔眉毛，或将手探进紧身衣，调整胸罩带子。一个中年女人袒胸哺乳，望着门外的张大民。她脸上刷过脂粉，脖颈黄黄一截，到了奶子那里，又转成嫩色。那是一只年轻的奶子。婴孩啧得很欢。张大民搓搓手，推门进去。靠门的女孩站起来。

女孩领着张大民，斜过马路，钻进一室户公房。"到了。"她开灯关门，脱掉羽绒服。屋内渥着一股酸冷，仿佛汗衣堆放过夜的味道。张大民坐到窗角方凳上。凳面冰一般硌着他。他又坐到床边，又站起来，在狭小的空间里兜转。

"干吗呢？"女孩问。

"冷。"

女孩掀起枕头，拿出遥控器。空调轰鸣起来。张大民背对床铺。床前有两双一次性拖鞋，鞋尖冲着床沿。张大民将它们踢入床底。棉被半灰不白，污着几摊暗红血渍。他钻进被子，皮肤瘙痒起来。

女孩笑了："棉毛衫裤也没脱。"

"先暖和暖和。你叫什么名字？"

"我没名字。"

"我怎么叫你呢。"

"叫我娟儿好喽。"

张大民半坐着，双臂枕在脑后。娟儿整个沉入被窝。她头发黏成一簇簇的，散在枕头上，升火的双颊红扑扑烤着，小鼻子小眼儿像要被烤化了。

张大民问她家在哪儿，有没有兄弟姐妹，什么时候来上海的，每天接多少人。娟儿越答越轻，仿佛即将睡着。

手机响起："好一朵美丽的茉莉花……"

娟儿道："老板，你老婆找你了。"

手机唱几句，沉默了。

娟儿问："做不做？时间差不多了。"

张大民说:"让我看看你。"他俯过身,理顺她的头发,捧起她的脸,认真地看。

娟儿挣出脑袋,笑道:"没啥好看的。只要关了灯,女人都一样。"她抓住他的手,放到自己乳房上,另一手往下抚摸他。"怎么了,你不行啊。"

"现在不想做,咱们说说话。"

"好吧。"娟儿也半坐起来,披上外套,从兜里拿出双喜烟和打火机。她给了张大民一支。张大民关灯。窗帘豁着缝,漏进一条油黄的光,被窗棂的影子断成两截。烟雾在光里缭绕纠缠。娟儿的手指也被照亮,那是短胖如幼儿的手指。"说吧,"她道,"你想说什么?"

张大民将香烟团进手心,皮肉"嘶"了一声。娟儿挪开身体,听他喉内滚动,确定他是在哭泣。她又靠过来,摸到他的胸脯,缓缓打圈摩挲:"老板,别这样哦。做人是辛苦的,有时我活着活着,也会没意思起来。中年人更是的,上有老下有小。怎么办呢,总得活着吧。"张大民抓住她的手,抱紧她。她年轻的肉体发着烫。他亲她的手,她的手指咸咸的。

娟儿道:"我给你拿纸。"

张大民闷声道:"别开灯,"他松开她,用指肚沾沾眼角,"好了。"

娟儿打开灯,掸掉被面的烟灰,去够床头柜上的烟缸。那是半只雪碧易拉罐,罐身有一道U型凹槽。她肉滚滚的大腿斜出被子，摊成扁圆形状。张大民盯着她的腿，伸出手，又迅速缩回。"你的指甲油好看。"他说。

"真的吗？"娟儿将双脚摆放上来，"哪只更好看？左脚大红的，右脚玫瑰红的。"

"差不多。"

"怎会差不多，一个是大红，一个是玫瑰红。"

"都是红嘛。"

"大红是大红，玫瑰红是玫瑰红。"

"女人家干干净净，什么都不涂最好。"

娟儿撇嘴道："胡说，很多男人觉得红趾甲很骚。"

张大民将她的腿塞回被子。她用脚趾夹他的棉毛裤。张大民捉住她的脚，揉捏着，那脚温暖起来。

"娟儿。"

"嗯。"

"娟娟。"

"嗯。"

"小娟，秀娟。"

"秀娟？谁是秀娟？你老婆吧，哈哈，不对，肯定是相好……唉，你怎么啦？"

张大民掀开被子，俯身从长裤口袋掏出钞票。娟儿数点着，说："老板，钱正好……这就完了吗？真是的，什么都没做……"

"听我正经说一句,"张大民道,"你该去读个书,技校什么的都行。要为将来打算。"

"嗯,好的……对了,你真觉得指甲油不好看?两种都不好看?"

张大民穿起衣服,接着是裤子、袜子。他将羽绒夹克拉到顶。拉链头夹到脖子肉了。他收紧鼻孔,将一个喷嚏硬缩回去。过道幽长,他推开楼门,眼睛被扎了一下。花坛、房屋、街道、天际,像被白色掩进同一平面。雪花在他额上化为透明。他迟疑着,踩出一小步。

写于2010年10月28日星期四

浮生·江秀凤

人人都说,江家三小姐酷肖宋庆龄。一帘垂丝刘海,鬓发绾低在后颈窝。她五岁练习毛笔字,及至上学,文章写得周正。十三岁上,由老师领着,出去抵制日货。江老爷恰路过,见女儿站在杌子上,高喊"打倒日本人"。怒极,拖回家,"跟男同学混了一道,又叫又跳,像啥样子",替她退了学。江秀凤垂手喏喏,偷哭一场。

江家初住镇江。地方军变,逃至苏北姜堰。江老爷垂亡,对江秀凤说:"八个子女里,我最对你不起。识字那么快,本该去苏州读女子中学的。你文化忒低,心肠又软,务必找户好人家,乱世里头撑牢你。"

江秀凤十八岁成亲。婆家开当铺。丈夫孙震东读过私塾，高中毕业后，在洋行上班。逾数年，时局不稳。他跑去泰州，与人合开电影院。钱财被骗殆尽，搬至岳母家住。

少时，日本兵打来。满街火药味，扎得人鼻孔黏燥。孙震东不顾内兄反对，携妻挈孥，逃到了沙港子。当地传言："孙震东是江纯甫的女婿。江纯甫在南通做过大官。家里的袁大头、孙小头，用大麻袋装，法币堆满十七八屋。"孙震东被绑票过三趟。江秀凤问大阿哥借赎金。一趟两趟，第三趟不肯借了。江秀凤拖了四儿二女，跪在绑匪家门口，嗷啕喊穷。绑匪不忍，放了孙震东出来。他胡子拉碴，浑身渥臊臭。朝妻子兜头一耳光，"你做的好事体，把我面子都落光了。"

他们回到姜堰，受四阿弟资助，开一爿烟纸店。从大店批了日用百货来卖。江秀凤坐店理账。做警察的远房表哥相帮罩护。孙震东想重振当铺，未遂。他从自家店里拿酒，喝得醒醒然。时或詈骂江秀凤，说她和表哥走动过密。扯了她的前襟，抖筛子似的，甩来晃去。

江秀凤拜托二阿姐，"震东再没工作，就要毁了，"又叮嘱，"千万别让他晓得，是我来找的你们。"就职于上海工务局的二姐夫，将连襟介绍到芜湖信托局。孙震东对妻子道："我就说吧，只要是个人才，总有人求上门。你还想托关系呢，哼，忒小看我。"

此后一段太平日脚。孙震东颊颐滚圆起来。他爱把孩子拢在身边，来回数点，"我养了四只光榔头，三根小辫子。家子婆亦有功劳。"江秀凤匿笑。她鬓角蒙灰，眉毛也疏淡了，相貌比丈夫显老。

春杪，局势暧昧。信托局同事纷纷南逃，让孙震东同逃。弗肯，举家回上海，借住在五阿弟家。上海一夜翻了天。孙震东没有工作，被要求做登记。人民政府分配他去宣城，当个小银行职员。工资五十五块，补贴完父母，每月寄三十块回家。儿女渐长，家用不够花。江秀凤到街道当扫盲夜校老师。

年余，三反五反。孙震东吃人揭发，老早做过洋行，"相帮西洋鬼子压榨同胞"。五反队自安徽来，搜查"孙震东贪污的金首饰"。江秀凤上交了一把银勺子、一根红木文明棍、一只英国奶粉铁皮罐。给丈夫写信，嘱他服从国家，了无回音。

七年后，孙震东回沪。乍一眼认不出了。发心尽秃，牙齿半落，踽踽有老态。"我是清白的，他们啥都没审出来，"又说，"是我自己辞职的，他们反复挽留我。"翌年，他脖颈水肿，胸腔里一扯扯地痛。查出了肺癌晚期。

冬至，后夜，月光冷黄，窗框摇动。孙震东呼吸如鸣笛。江秀凤抱紧他，感觉他浑身震颤。似有猛兽挣扎，要从轻瘦的骨骼里出来。江秀凤的耳朵，凑向他墨灰的嘴唇，听见他一字一噎说："政府晓得冤枉我，赔了两百块洋钿。我怕人偷了跑，没有告诉你。"

孙震东落葬不久，扫盲夜校解散。江秀凤挖墙脚，果真挖到一沓子人民币，裹在油纸里。油纸被老鼠啃残了，钞票张张霉湿，一触即烂。江秀凤抓了废钱，撒在亡夫遗像上，"孙震东，孙震东，我忍了你一辈子。"

江秀凤跑去街道，求一份工作，"我啥苦头都能吃。"从早立到晚，哼哼唧唧哭。旬余，副主任通知她报到。她穿了阴丹士林蓝布旗袍，蹬了大美华绣花软底鞋。新同事们嗤笑："收个垃圾废品，还要穿旗袍。"江秀凤归得家来，拆却旧衣衫，缝制劳动装。她初次穿两截头衣裤，感觉仿佛赤身裸体。

废品站两人一组。一人称废品，一人付钞票。跟江秀凤同组的，是个大少爷，因政府动员劳动力，被迫出来工作。他当了众人面道："我堂堂大学生，竟跟个家庭妇女一样工资。"终日闲坐，捧一本《新名词辞典》。

江秀凤独自拉了板车出站，在徐家汇兜转。双目久曝淌泪，后颈起了红疹水泡。还磨出一脚板老茧，撕剥得坑洼见血，走一步，痛一响。一日，上门收废品，遇着个故人。对方瞩视良久，忽道："三小姐，是你吧。"她赧红了脸，跑下楼去，缩立于墙边，放任自己哭个够。俄而摇摇小铃，起车前行。

江秀凤收了十年废品，光荣退休。住在大儿家。朝北小房间，一床、一椅、一马桶。她把孙震东遗像挂在床前，又裁开月历纸，写了兄弟姐妹名字，粘到墙壁上。他们都已不在。大哥殁于镇反；二姐五弟六妹亡于文革；四弟在五七干校病重不治；小弟远赴西双版纳，在原始森林里，被一棵大树砸死。

江秀凤不明白，自己明明最没本事，怎就一不当心活得最长。孙子孙女们，个个比她高了。她久患白内障的眼睛，望见万物模糊发黄，渐次褪色。她开始对空气说话。叙往事，发牢骚，叹生平。有时蓦然住嘴，环顾左右，似为身外存在真实事物而震惊。

忽一日，江秀凤头脑清透，水洗似的。甚至想起幼时，母亲教自己褶锡箔。她对大儿道："锡箔要买不掉粉的。元宝不必太大，但一定要褶成实心。"大儿嗯哈敷衍，回头说："老娘糊涂了，脑筋搭进搭出。"

江秀凤捻尽碗底米粒，躺上床，手脚并拢。她已九十七岁，知道日子将至，因而安心。她闭上眼睛，睡了过去。

写于2015年7月21日星期二
改于2017年12月30日星期六

浮生·张忠心

张忠心八岁的记忆里,回家探亲的父亲张绍礼,已然是个小老头。面孔发暗发红,跟放久了的生肉块似的。关节粗大的手指头,捏牢两根木筷子,往堆成尖的米饭上戳点,"素音,你看,我们厂就建在山腰里,山脚上去都是宿舍,你一来就住大房子。工资不变,可物什便宜呀。吃的米都是新米,笋干鲜是鲜得来。内部电影随便看,黄山随便爬。你不是喜欢爬山吗。安徽风气也好,不像上海这么乱,你一人带两个小囡,又要上班,小囡轧上坏道怎办。"

陆素音挑起半筷子饭,又放下,"我就搞不懂,你为啥主动报名去皖南。人家躲也来不及,领导一个一个做思想工作。你到崇明支过农，我俩也不在一个系统，本来可以不去的。""我是老党员，要有觉悟。毛主席说了，三线建设一天不搞好，他就一天睡不好觉。怎能让他老人家睡不好觉。"

张绍礼提出申请，将妻子调到上海自行车厂，再转至皖南光明机械厂。大半年后，办妥手续。安徽派来一辆交通牌方头大卡车。初夏时分，日头开得早。看热闹的街坊们，拎着小菜篮头、捏着煤饼钎子、提着马桶掭笼。"真走啦？房子哪能办，交给单位吗。""素音到安徽住大房子，还在乎这屁眼一点点的亭子间。""听说安徽人烧起小菜来，像是盐钵斗翻脱，肯定吃不惯。""吃不惯就回来，乡下头有啥好待的。""户口都迁了，哪能好回来。"

张忠心被司机托上车去，缩靠在母亲身边。卡车往前一轰，弟弟哭起来。陆素音轻轻拍拊他。一路无话，出上海，经平望，辗转湖州，小停于泗安。下午三时开到安徽广德，从宁国进了山。上坡下坡，迂回兜转。一家人跟手风琴的风箱似的，忽而挤紧了，忽而甩开去。陆素音呕吐过三次，张忠心额角被车门撞瘀了。稍微平坦的间隙，各人汗着两只手，上下抓挠蚊子包。

山中竹林长势茂密，风吹不动，灌木绿到发黑。其间白点簇簇，是散居的人家。白点渐少下去，山林的轮廓也混沌了。卡车驶入山坳，至油坑村，停在光明厂食堂大礼堂门口。张绍礼仍在加班，一位同事相帮接待，将陆素音母子分置在男女宿舍。传说中的大房子，不过是些双层简易楼。外墙裹了土黄色喷浆，凹凸如蜂巢。一条条水泥梯从楼腰上甩出来，陡然插落于楼房之间。

旬余，全家搬作一处。陆素音被派到后勤处食堂，每日渥着两腋油烟味，从清晨四时，忙到夜间七时。弟弟在宿舍区玩耍。张忠心踞坐于水泥梯上，翻来覆去背乘法口诀。一个月后，他被安插到两公里外的瀛洲小学。陆素音再三请求，张绍礼同意请半天假，送儿子报到。张绍礼说："要好好学习。"张忠心说："哦。"两厢无话。

过瀛洲古驿道时，张忠心见拦路有堆牛粪，踢了一踢。"牛粪"盘盘然动起来，原来是条大蟒蛇。张忠心胫股皆软，狂奔出一段，啊呀跌入小河浜。扑腾几下，站稳了，流泪打捞书包。张绍礼已走远，良久折回来，"哪能走到河里去了，课本统统湿光，你能做好啥事体。"张忠心双手击拍水面，呼喊道："张绍礼，你个大骗子，安徽啥都没有。"

瀛洲小学设在粮站内，一班十来人，全是当地孩子，经常抢夺张忠心带去的肉馒头。代课老师满口土话，听得张忠心一懵一懵。他开始逃学，攥了防狼的柳树条，漫山乱走。山色无常，倏尔落雨，倏尔起雾，云影子跟快速挥动的旗帜似的，从峰崖上大匹大匹扯过去。时或鸟兽煞静，唯闻山风四击，空空作声。张忠心害怕了，高唱《学习雷锋好榜样》。回声迎面扑荡，愈发怵人。

他犹如做梦一般，想起卡车后窗上的那一瞥故乡。灰砖、青瓦、三层阁、老虎窗、弄口的标志坊、街边的电线木头，尽皆浸泡在晨光里。挥手作别的阿姨爷叔们，迅速退远开去。上海现在怎样了，听后来的职工子女讲，学生天天闹革命，父母老师都被打倒。安徽的山沟沟里头，啥时也能闹起来？若是打倒张绍礼就好了。

逾年，光明厂子弟小学建成，抽调了几名工人当老师。老师整日里轧轧三胡，将课时随意打发过去。张忠心愈加野了，斗鸡、刮骨片、打弹子、吃香烟。打起架来，跟不要命似的，径往人脑袋上抡砖头。他做的火柴枪最为出名。铁丝拗成枪架，子弹壳钉作枪管，橡皮筋、自行车链条、轮辐条，逐次拼焊而成。捻一根火柴，插入枪膛，扣动扳机，能射至一米开外。

时有伙伴到上海过寒暑假，回来讲起生煎、小笼、鲜奶蛋糕，还有一种棒头似的硬面包，叫法式面包。"他们上海人奇怪吧，白天也看电影的。"众人哄起来，"什么话，你也是上海人啊。""我们这种人，在安徽是上海人，到了上海就像乡下人。"

张忠心大声道："上海人有啥稀奇，多只手还是多条腿。"夺门出去，踩着满路砂石，眼见快到绩溪县城了，从腰头上拔了火柴枪，朝一棵老树啪啪射击，"张绍礼，都怪你，打死你，打死你。"打光整盒火柴后，跟虚脱了似的，晃着两条臂膀，一步一挨往回走。

到家已是后夜，张忠心咣啷敲响搪瓷杯，"为啥不带我们回上海看看，"旋即自答道，"我晓得，老头肾不好，工作又忙，姆妈要照顾他。总有一百样理由。也是，去上海了又怎样，还不是要滚回来，死在这大笼子里头。"

黑暗中，张绍礼缓慢发声，"现在又有高考了，你可以拼一记，自己考出去。小辰光在上海，成绩蛮好的，还是红小兵排长。现在大了，不上进了，只晓得怪天怪地。""我毙了你，毙了你信不信。"张忠心抽出火柴枪，摸摸索索顶在父亲颧骨上。房内煞静。张绍礼喉间倏然一响。他在笑，嗤啦啦笑不停，仿佛这是天底下最好笑的事情了。

写于 2016 年 8 月 31 日

浮生·周彩凤

周彩凤始终记得十九岁那年，由同事马小霞领着，捧了棉被，拎了杌子，揣了一袋水煮鸡蛋，从义门镇出发，走十几里山路，到"上海佬"工厂看露天电影的光景。

工厂是七年前建的。周彩凤的父亲曾被雇去炸山。厂房刷成泥土色，砌起砖墙，拉起铁丝网。东一座，西一座，匿在山坳子里。做邮递员的老乡讲，工厂通信邮箱地址用的全是代号，厂里有人别着手枪巡逻，仿佛军营一般。渐有闲话传开，说上海佬是来造大炮手榴弹的，要与美帝苏修做斗争。

逢到星期天，造大炮手榴弹的上海人，一串一串，蚂蚁出洞似的，来县城买东西。他们讲话嘀呱松脆，字句像从舌尖上弹出来的。饮食就更古怪了，居然吃虾蟹、田螺、甲鱼，连青蛙黄鳝都吃，还从上海运带鱼来吃。

周彩凤相帮父亲摆过摊，兜售芝麻、花生、瓜子、老母鸡。收了摊头后，父亲边点钱，边抱怨，说上海佬一来，样样涨价，"丰收"香烟都抽不起了。周彩凤一径嗯啊，想着上海人的手表、假领头、的确良衬衫、咔叽中山装。他们裤脚也比本地人的小，窄窄拖将下来，搭配一双白色回力鞋，别提多好看。

周彩凤从涡阳一中毕业，到义门镇当了老师。同事马小霞的二姐嫁与上海工人。马小霞因着便宜，去厂里洗不花钱的澡，仍背地数说二姐，"当了'土上海佬'，真以为是上海佬了。回娘家也说上海话，烧肉居然放起糖来，还在枕头上垫毛巾。"周彩凤面色逐渐赪红了，"嫁给上海佬，政审严格吗？"马小霞似笑非笑道："像你家的成分，是肯定不行的。"一时怏怏而散。周彩凤躺在宿舍里，翻来覆去琢磨。倏然起身，取一块毛巾，垫在枕头上，再将脑袋轻放下来。

逾数年，父母催婚渐紧。周彩凤说要响应晚婚号召，又说想参加高考。母亲跑去跟马小霞诉苦："彩凤被小资产阶级情调腐蚀了。舍得花一整月工资，买上海床单。肥皂盒和自行车垫也买上海的。这是过日子的吗，传出去谁敢娶。你跟她最要好，帮我说说去。"

马小霞便去说："我家男人的二表舅在险峰厂当军代表，

要不帮你介绍个上海佬。"周彩凤道："我家成分不好。"马小霞讪讪起来："风气不一样了，现在不讲成分。二表舅在村里也是说了算的人，肯定给你选个好的。"

周彩凤这才作了喜色，回家说与父母。母亲道："姑娘家的，送上门被男人挑，让我出去抬不了头。"父亲道："吃个鸡翅膀，就要飞了呀，我是不会给路费的。"周彩凤不言语，自己掏钱买车票。

绿皮火车进山后，换作解放牌大篷车。一路淌泥，颠颠停停，往深处去。二表舅发现周彩凤在流泪，便道："别慌，这事肯定成。厂里光棍一抓一把，跟白洋河的石头似的。他们闹到劳动局，说上海女人不肯来，局里发文给优惠政策。只要你肯嫁，就能进工厂，粮油关系也能转进来。"周彩凤曼声道："我虽是乡下人，却也住在县城郊区，以后真要嫁到山沟沟里一辈子吗。"二表舅一怔，没头没脑道："方沪生是个大好人。"

方沪生，钳工，初中生，八年前进的厂。个头与周彩凤一般高，面皮焦巴巴的。两只离得过远的眼睛，使面相略显呆钝。他对二表舅说："周同志好像老了一点。"二表舅道："再老也是个女人，掰开大腿能用就成。"

两人很快领证。险峰厂劳资科派了人，到县城粮站迁户口。县里人说："乡下户口进上海了呀，怎么弄的，我们也想弄。"母亲逢人便道："彩凤从小有志气，没她办不成的事，"抓了别人的手，摁在自己衣衽上，"你摸摸，上海货，涤纶针织两用衫，女婿送的，时髦吧。"

周彩凤进厂后，被安排扫厕所。一个叫彭爱华的老乡与她同工。周彩凤说："我好歹是高中生，当过老师的，现在做这种生活。"彭爱华道："就是。你看上海来的女工，那个姓王的，长得像只猴子，前胸后背一样平，男人们还把她供起来，三班都不让她上。谁让我俩是乡下人，进的又是大集体。""乡下人一样是人啊，本来就不该分啥乡下人城里人。"彭爱华骇然道："你读书太多，思想有点反动。"自此两厢疏远。

女儿半岁时，险峰厂移交给了当地政府，方沪生夫妇被安置回沪。方沪生说："你运道忒好，很多人山里一待十几年，你一年多就来上海了。"周彩凤说："我要谢谢你的。"方沪生说："我也是年纪大了，寻不着别人。其实跟你相亲时，我还谈着个黑龙江对象，看过照片，年轻漂亮。通信三四年，她就是不肯见面。我怕两头吃不着，就算了。"一时无话。方沪生问："你在想什么。"周彩凤答："我想买点菜，烧顿好的，庆祝一下。"

周彩凤逛了小菜场，归途碰到个新邻居，絮叨一路。邻居说："你一歇上海话，一歇普通话，是北京来的高干吧。"周彩凤不答，进门顾自微笑。方沪生冷着脸过来，在小菜篮头里翻检，"买啥了，去那么久。记住，茄子别和肉炒在一道，番茄蛋汤放些洋山芋。我吃不惯你们安徽人烧法的。"周彩凤喏喏，想着邻居的话，又笑起来。

及至汤菜上桌，方沪生说："我反复关照过的，怎么汤里还是没放洋山芋，当我讲话是放屁吗，"撩手将锅子掀在地上，"你个乡下人，不是因为我，哪能来上海，"俄顷，怒气稍歇，过来掰周彩凤的肩膀，"别哭了，你哭起来窸里窣落，听得人难过。我晓得的，你一直嫌鄙我文化低。彭爱华在安徽就离婚了。你也可以离，反正已经是上海人。我不怪你。"周彩凤甩开他手，抹了泪，俯身收拾狼藉，"离个屁婚，跟谁过不是过，孩子都生了。"

写于2016年10月10日星期一

浮生·高秋妹

高秋妹初见养父母,是在五岁时。高盘玖穿了一袭机织布长衫。张咏珊盘了对鬟,石青色阴丹士林高领旗袍底下,玻璃丝袜淡淡泛光。他们站在新普育堂的会客间,看着像是来做人客的。高盘玖在两排孤儿里反复挑拣,逐个查看头发牙齿,最后选中高保生和高秋妹。

养父母皆是广东人。高盘玖在束发之年,自己跑到深圳宝安码头,央着跑船的人,带他来上海。他做过讨饭瓜子,逾数年,至十六铺码头当学徒。三十五岁上,开了"打挣馆",雇来十多个工人,给外国人修轮船。他在鸭绿江路上认识个咸水妹,带回家来,在武昌路同仁里借了前楼同住。张咏珊不能生育，便到孤儿院领养。这是六七年后，高保生告诉高秋妹的。高秋妹问，咸水妹是啥意思。哥哥附耳道，就是跟外国人困觉的中国女人。

高秋妹看轻养母，却钦佩养父。养父自学识字和打算盘，还订了两份报。高秋妹六岁起，拿了报纸，楼上楼下地问，学得二三十个字。高盘玖夸她聪明，欲送她上学。张咏珊道："女仔读什么书啦。"吵一架。翌年，养父作主，将她送到武昌路三元公庙里的私立小学。

高盘玖投资赌场，未几，亏了本，带高秋妹去讨债。赌场在永安公司七重天楼上，讨债队伍一径排过南京路。轮到高家父女时，天色已然昏昧，对方将空了的钱袋子一抖，让他们下个月来。旬余，养父僵着脸回家，说："赌场大老板逃去香港了。"

高家收拾细软，搬到华龙路顾家弄，住进三层阁。逾数月，被人找上门，讨欠债，讨工资。哥哥停了学，到太古码头做记录员。养母出去当保姆。想让高秋妹进工厂，年龄太小，未遂。高秋妹便荡在弄堂里，帮双职工倒倒马桶，给小脚老太挑挑井水，赚几个铜钿。养母没钱囤米，每到开火仓时，让她揣个小淘箩，出去现买两升米。高秋妹不敢吃饱，时或半夜饿醒，听家人磨牙、放屁、说梦话，看老虎窗上渐渐亮起来。

一日，养父给高秋妹塞了块梨膏糖，说："你要乖乖叫，长大后待妈妈好一点。"出门上班，再没回来。有说他外逃躲债，有说是被人做掉了。张咏珊不敢报警，怄着一口气，詈骂高秋妹。夜里厢，她唤起养女，让她跟个"阿二头"走。高秋妹问："你把我卖了吗。"张咏珊答："你是大人了，要学会给家里赚钞票。"阿二头将高秋妹偷偷带进袜子厂，花了半晚时间，教她做熟工序。翌日领去见拿摩温，"小姑娘年龄不大，做生活却是熟手，不信你试她一试。"厂里收留她做夜班，负责在流水线旁，把袜头对准袜筒套上去。高秋妹时或站着睡过去，脑袋一冲一冲，几欲扎进机器里。拿摩温用铁管敲她，敲过几次，将她辞退。

张咏珊继续赶她出去做工。高秋妹磨过螺丝钉，当过缫丝工。最后在烟厂里，负责把蒸熟的烟叶抽掉老茎。她拉了满手的泡，每日回得家来，养母帮她逐个挑破，把一对流脓的小手，浸在明矾水里收干。

翌年，东洋人打来，私营工厂纷纷关闭。高秋妹失了业，出去捡菜皮，拾垃圾，剥死人衣裳，常被"三道头"举着警棍追打。移时，高保生又要搬走。张咏珊这才晓得，他找了个照相馆老板的大小姐，做起倒插门女婿来。她哭一场，对高秋妹道："白眼狼，白白里养大你们，翅膀硬了，都想朝外头飞。"藏起高保生送的大米，顿顿用六谷粉煮粥，给高秋妹吃。

高秋妹愈发消瘦，锁骨耸棱棱如刀背。她替有钱人家喂狗，帮纺织女工带孩子。无事可做了，满街乱走，寻点零碎生活。或有人介绍去日本工厂，弗肯。她亲见一个南顾家弄的女人，被日本兵拖进据点。张咏珊劝了劝，叹道："不去就不去吧，儿大不由人。"她年前腹泻欲死，以为是"二号病"，却慢慢活了回来。自此倏然见老，对养女有了近乎讨好的依赖。

忽一日，听闻中纺一厂在招养成工。高秋妹时已二十，谎称年方及笄。负责招工的拿摩温，搦了根竹头，往她头顶上一比，信了。高秋妹被分到细纱间，做挡车工。工友互以工号相称。有个"60号"，与高秋妹相善，将自家二哥介绍与她。张咏珊觉察了，跌足道："你去别家伺候男人了，让我哪能办。"摸到60号家里，闹一场，"别看秋妹长得小样，都快三十岁了。身体也没发育好，怕是以后不能生。"

男友提出分手，高秋妹大病。张咏珊喂粥喂汤，半夜扶她溲溺，替她清洗血短裤。道："我伲娘俩家头，你照顾我，我照顾你，一辈子就过掉了。要男人做啥，想想你爸，你哥，哪个靠得牢。"高秋妹讷然。

此后，母女依傍度日。高秋妹常年夜班，晚间十时到厂，清晨六时回家。整日里昏淘淘睡觉。忽而响了一夜枪，路上睡满解放军。忽而中纺一厂改名国棉一厂。忽而军代表来了，拿摩温废了。高秋妹只管守住纱车，闷头做事。偶尔落几根灰头发，才会捻了手指头，出一歇神。

一日，居委唤了高秋妹去，盘问她家人情况。高秋妹说："高保生政治立场坚定，早跟资本家老婆撇清关系了。倒是张咏珊，在旧社会做过妓女，专门跟外国人搞七捻三。"妓女张咏珊，成了街道重点批斗对象。早请示，晚汇报，没事就被拎出来，吊块颈牌，垫只杌子，立在街边认罪。造反派用塑料眼药水瓶吸了洉水，灌进她的耳朵。又在她胸前悬了一痰盂罐尿液，让围观者投石入罐。还拿杀鱼剪刀绞坏她的头发。不批斗时，令她扫街。她穿了咔叽布工装，戴了藏青色工人帽，从弄口扫到弄底。时有孩童结伙而过，撩掉她的帽子，露出阴阳头来。她搁下扫帚，一抖一抖，弯腰去捡。一次，高秋妹见到，犹豫着，替她捡了。她将帽子拍回地上，说："当初高盘玖想要两个儿子，我说一男一女好，才会收养的你。我脾气不好，却从没打过你。你倒讲讲看，我哪里待亏你，你到底恨我个啥。"

写于2016年6月9日星期四

浮生·曹亚平

  曹亚平至今记得那个夏天。他看完《柏林情话》，定在胜利电影院门口。天野已然玄青，对街牙白色楼顶上，镶了一丝浅粉。散场和入场的人，同时从前后冲刷他。吃纸杯冰激凌的女学生，将他挤动起来。他捂着两腋痱子，走过七站路。一个新鲜的人生理想，在身体里持久震荡。

  高三毕业，曹亚平报名上海戏剧学院表演系。收到准考证，压在桌玻璃下，不时看一晌。彼时，就职国棉十七厂的大哥，反复谈论大字报；念中学的小妹，常带《青年报》回家，誊抄转载的社论。他不及留意，直至五毛钱报名费，被兑成邮票，退了回来。

两年后，曹亚平乘友谊号客轮，至崇明东风农场。翌年成为"修地球"能手。插秧、施肥、耘地、锄草、间苗、采棉、割稻、挑担、脱粒。草帽下半张铜黑的面孔，手腕上一条煞白的毛巾。肩头结起厚硬的茧，宛若两枚徽章。走在人群中，扎高半个头，得了"长脚"称号。女知青们留意他，说他肖似梁波罗。

曹亚平擅讲故事。收工后，空酒瓶插了野花，置于行李箱拼成的桌上。倚桌开讲《绿尸体》《基督山恩仇记》《安娜·卡列尼娜》。室友冯军间歇演奏小提琴。宿舍挤满了人，听完犹自不去。卸下门板当饭桌，拎一只洋火炉，烹几道小菜。气枪打了麻雀，与面疙瘩同煮。稻田放水时捡的鲫鱼，高筒套鞋装回做汤。手电筒裹上红布，诱捕整整一面锣螃蟹，蒸得膏黄喷香。兼佐农友探亲带回的辣酱、炒麦粉、大白兔奶糖。轧轧三胡，咪咪老白酒。

吃到酒气冲头，齐吼《知青之歌》。吼罢，眼底浮泪。点一支牡丹烟，轮流抽着，掏起了私房话。说及有人上调。冯军道："曹亚平，哪天咱们都回去了，我骑着老坦克，到你楼下喊，长脚，上班啦，快点死下来。"曹亚平哽声道："我不上班，我要念戏剧学院。我的人生理想是当演员。"邻室王红旗插话："屁精才当演员。"曹亚平一拳击中他鼻梁。众人两厢劝开，煞兴而散。

次年，场部来了工作组，发动"一打三反"。讲故事的曹亚平，被定为"宣扬封资修毒素的黑势力"。隔离、批斗、监督劳动、办"学习班"。大字报贴满食堂和宿舍屋山头。没人敢搭讪，唯目光相接，默递一支烟。

王红旗检举，冯军是曹亚平的小兄弟，同属一个小集团。一日，冯军趴在床上，用小提琴弓毛套牢脑袋，勾到床头横档上。室友发现时，他已身体僵硬，脚底板青到发紫，看似一条被命运拉紧项圈的狗。

运动骤然开始，悄然结束。如洪水扫荡而过，留一地荒碱。曹亚平背也佝了，脖子也缩了。满下巴胡碴子，跟苔藓似的。他白天扛泥络担，拖两脚泥水，在开河工地上走。夜里睁了眼睛，听岛风拨刺白垩墙缝，呜呜作声。门后挂晾的汰脚布无人取用，冻得硬邦邦。想起是冯军"畏罪自杀"的遗物，偷偷收好。

室友皆次回了城。当交警、进航道局、做中学老师、入工矿企业。新到者叽喳嬉闹，像是来春游的。笑言绑行李的草绳藏藏好，今朝下乡，明朝上调。曹亚平嫌他们粗鄙，怏怏寡交。逾年，上调人数骤减，渐而取消了。开始顶替政策。知青们通关系，找门路。病退、困退、商调。花样百出地离开。

宿舍空了泰半，长起蘑菇和霉斑。留守者疯野了。吃酒、旷工、斗殴。曹亚平的新室友，每晚打大怪路子。经他抗议，移去路灯下。打过通宵，意犹不足。每人五分洋钿，凑足一元整，打赌吃煤球。真有人拿煤球兑了水，一饮而尽。还有打赌吃油肉、喝酱油、荡竹竿。仿佛玩掉性命才好。

曹亚平父母早已退休。他顶替无望，报名参加高考，得了二百八十五分，因"政治表现不佳"被刷。年复一年，面皮如鼓皮，抻得松弛了。这才起念成家。

梁惠珍是场部小学老师。父母皆在场部医院。母亲跟小姐妹抱怨："姓曹的大我家珍珍十多岁。除了几分卖相，啥都没有。男人家卖相好有啥用。珍珍吃死爱死，还要闹自杀。是我帮她洗的胃，眼泪水哭干了，只好同意下来。"

曹亚平和梁惠珍，领了结婚证，敲定大喜日。梁家老夫妇换起新衣裳，坐船至吴淞码头，转乘公交车进市区。花了一个礼拜，给上海亲友逐家递送喜帖。又在绿杨村大酒店，预订了十二桌。曹亚平也作忙碌准备状。梁惠珍一到，室友嚷嚷"新娘子来啦"，跑个精当光。

少时，传闻有"捞浜"政策，单身知青将统一回沪。有人说漏了嘴。曹亚平揪了那人领头，拎得他双脚离地。那人道："我也是瞎传八传，不晓得真假。"曹亚平狂奔而出，翌日天亮才归。鞋袜都跑丢了，黏了满腿沙板土，颊颐明显凹瘦下去。

晌午，梁惠珍来，商议定做西装。见他木着个脸，便说："你是吃过墨水的上海高中生，跟我结婚亏了是吧，今天把话讲清楚。"曹亚平讶然抬眼，铆牢她的小圆面孔，一字一顿道："我不想结婚了。"

梁惠珍啊呀下跪，抱牢他的腿，结结巴巴道歉。她哭，他也落泪，却不松口。入暮，梁家父母同来。父亲道："请你讲讲真实想法。"母亲推开老伴，戳着曹亚平的额头，骂他政治落后，作风腐败。言辞越难听，曹亚平越释然，"不离也行。婚礼我不来，你们更加没面子。"

僵至第五日，女方让了步。曹亚平斗劲一懈，反觉空落落的。前丈母娘逢人控诉，"陈世美"害女儿自杀两趟。还反复申明，两人并未同居。室友不理睬曹亚平。女同志当面啐他。他撑了一口气，发誓返城之后，不与任何人来往。

月余，"拷浜"文件下达了。知青骚乱起来。撕褥子，砸热水瓶，扔搪瓷面盆。拥抱、哭泣、互留传呼电话。唯曹亚平躲进蚊帐，数日不出。他是离婚人员，不在政策里头。有人挨到他床前，掐了嗓门道："早晓得这样，不如乖乖做个新郎官。"满室哗笑。

大部队走后，曹亚平被调至场部棉纺织厂，当辅助工。拉纱、摆纱管、上棉卷、推粗纱车。工余，搬只杌子坐到路边，面朝南门码头方向。他发际线逐年潮退了，眼皮耷拉成三角。松细的胳膊腿，衬得关节凸大。整个人支支楞楞。

同事们暗呼他"老疯子""老花痴""老哑巴"。也有说，"他不哑，有次撞见他哼《柏林情话》呢，还蛮好听。"旁问："《柏林情话》是啥？"答："老里八早的民主德国电影。那个辰光还叫民主德国。你们小年轻的，不懂，不讲也罢。"

写于2015年9月11日星期五
改于2018年1月2日星期二

浮生·曾雪梅

曾雪梅七岁时,喜欢趴在窗槛上,仰面数飞机。飞机跟小鸟似的,翅膀不动滑过去。时或起一记嘘声,仿佛有人吹口哨。地平线轰然颤动,团起一扎扎乌云。曾雪梅觉得像是过年放鞭炮,便拍手欢呼。母亲兜头一掌道:"看啥西洋镜,东洋鬼子投炸弹呢,把闸北炸平了,还在南京路上开枪杀人。回头捉牢你这种不听话的小囡,扯成两爿,蘸蘸腐乳吃掉。"

是年,曾雪梅已开始念书。父亲说:"女小囡学点文化,以后不被婆家欺负。"送她到私立小学,读至十三岁,又报名爱国女子中学。尚未入学,校舍被日本人炸坏。曾家弃了房产,逃到法租界,在寺庙院子里搭个滚地龙。

曾雪梅断续上了四年夜校。父亲道："家里情况不好，你相帮分担点吧。"她便辍了学，由邻居引荐，到日本人厂里做工。厂子在川公路，叫福助洋行。曾雪梅定在门口，不肯进去。邻居反复诘问，她才憋红脸道："日本人，会吃小囡吗。"

曾雪梅过了考试，因着识字多，被派作车间记录员。每月工资三十多，外加大米、菜油、黄豆各十斤。逾数月，养得颊颐圆润，头发也黑了回去。工头二本松是日本人，一对近心眼，腰背微微佝偻，走起路来，拖着两只扁脚。他的夫人千代子，也在车间工作。一次，邀了几个中国女工，去她家吃饭。曾雪梅走过南京路，浑身觳觫。谎称不舒服，让同事们先行，自己坐到上街沿，掏出用来送礼的苹果，边啃边想心事。食罢，核子一扔，返身往回走。

旬余，有个机修工来车间做工，嘴巴不清爽。曾雪梅道："钟阿宝，我又不上车子，机器坏了关我啥事。你再说话不二不三，我就骂你八格牙鲁了。"钟阿宝不怒反笑，"曾雪梅，你觉得中国人好，还是日本人好。"曾雪梅睃一眼围观同事，道："宁波猪猡，我才不上你老当。"钟阿宝跌足道："大家都是中国人，又是同事，屋里厢也住得近，讲话做啥这么难听。等着，有你后悔的。"

曾雪梅回得家来，说与母亲。母亲道："当然中国人好，有啥不敢讲的，随他告到东洋拿摩温那里去。"曾雪梅道："我也不晓得。听说中国工头都打人的。二本松不打人，也不拖欠工资。日本大班来视察时，还给每人发十块洋钿奖金。"母亲嘴唇一抖抖道："小恩小惠的，就把你收买了。不是鬼子杀人放火，你爸还在四马路小菜场卖甲鱼呢。我们家就不会穷，你就会一直念书，保不准念成个挺括的女大学生了。"曾雪梅默然一晌，问："那为啥让我去日本工厂做事。""喊，赚鬼子的钞票，也是爱国啊。"

旋而到月头，发了工资，曾雪梅背回大米和黄豆。母亲借了一座台秤过磅，忽道："好像少脱了。"曾雪梅听得口齿有异，抬眼见她嘴巴歪斜，唇角拖下一径涎沫来。"妈，怎么了。"母亲想伸手去擦，感觉天花板一动，面孔已然贴倒在地。

一日工间休息，千代子问曾雪梅，是不是有心事。曾雪梅犹豫一下，说："我妈跌了跤，半边身子僵掉了。找过郎中，不见好。现在她不肯吃饭，说要早点死掉，帮我们节省钞票。"千代子取了六十块钱，让她给母亲找西医，补营养。曾雪梅推却着，收下，回去说与家人。母亲回光返照似的，嗓门铿铿响道："我是个强硬的人，不讨日本人便宜。"一口气接不上，眼乌珠翻了白。曾雪梅扑近去，见一滴浊黄的泪水，爬过母亲的太阳穴，在鬓边略作停滞，啪嗒滴落于枕上。

曾雪梅把钱还给千代子，自此避开她和二本松。母亲过世不久，大哥和一个电话公司女职员结婚，住上公司分配的大房子，把父亲也接了去。阿嫂给曾雪梅介绍了在南华酒家当厨师的老乡。谈了一年多，请亲友在扬子饭店吃一顿饭，算是把婚结了。

婚后，丈夫建议曾雪梅辞工。犹豫间，日本投降，福助洋行解散。曾雪梅归得家来，专心养胎。忽一日，老邻居捎来二本松的信。她才晓得，厂里的日本人，都被关到了提篮桥。她瞒着丈夫，买了六包稻香村鸭肫肝，找来几张连史纸，学千代子的做派，将点心盒子包起来，用绢带扎个蝴蝶结。

曾雪梅拎了鸭肫肝，去提篮桥探监。登记、盘问、等待。听到喊她名字，已是入暮时分。晃眼见一个灰发女人，穿着空阔的囚服，挪着碎步出来。曾雪梅啊呀一声，汪起半眶泪。千代子坐下，咬咬嘴唇，微笑道："我们快被遣送回日本了。以后没饭吃，到上海来讨饭，你会给点吃的吗。"曾雪梅奋力点头。千代子深鞠一躬，泪水甩在点心盒上，连史纸的颜色一摊摊深起来。是日临别，千代子送了一包童装，都是亲手缝制的。她本来以为，自己会在中国生孩子。曾雪梅怕丈夫见怪，留了一件电机纱短褂，其余送去典当铺。

三个月后，曾雪梅开始做母亲。将电机纱短褂给大儿穿，很快短小了，便收起来，转与二儿穿。怀第三胎时，解放军来了。派出所唤了她去，"日本人撤离前，把工厂机器运到吴淞口，扔进海里了。你晓不晓得这桩事体。"她说不晓得。派出所道："听说你跟日本人关系好，会得讲日本话，经常骂中国人八格牙鲁。"曾雪梅道："放他娘的狗臭屁，我顶顶恨东洋鬼子了，我妈就是给他们气死的。不信把钟阿宝叫来，当面问问。最讨厌男人家背地嚼舌头。"派出所道:"不是钟阿宝讲的,是人民群众普遍反映。"又盘问几句,才放她走。

曾雪梅把弄堂里玩耍的二儿揪回家,闭紧房门,剥了他身上的电机纱短褂,剪成一条条,混着废报纸烧掉。二儿号啕不已,被她甩了一巴掌,"哭你个魂灵头。日本鬼子良心忒坏,啥人稀罕他们的破烂衣裳。"二儿道:"你说千代子阿姨蛮好的。""呸呸,什么千代子万代子,乱话三千。当心日本鬼子把你撕成两爿,蘸蘸腐乳吃掉。"二儿嘶了一声,不再说话。

写于2016年6月16日星期四